a Ásia Recontada para Crianças

Execução

Realização

A Ásia Recontada para Crianças

AVANI SOUZA SILVA

HISTÓRIAS DE GOA, MACAU E TIMOR-LESTE

Execução

Realização

Para Humberto, Anahí,
Marana e Raoni.
Para Luna.

SUMÁRIO

Prefácio **9**

Nota da autora **15**

A ÁSIA RECONTADA PARA CRIANÇAS

GOA

Como o raposo e a crocodila perderam a amizade **21**

O passarinho **27**

O carneirinho e o tambor **31**

O anel mágico **39**

O brâmane e o pote de farinha **47**

MACAU

O lobo desastrado **55**

O bicho-da-seda e a amoreira **63**

A tigela mágica **69**

O sol e a lua **75**

A deusa A-Má **81**

TIMOR-LESTE

O menino e o crocodilo **87**

O marimbondo e os macacos **95**

Os dois pepinos **101**

O menino, a velhinha e a jiboia **107**

As abóboras **115**

Sobre a autora **119**

PREFÁCIO

HÉLDER GARMES*

Este livro reconta histórias provenientes de três territórios que foram antigas colônias portuguesas na Ásia: Goa, na Índia, Macau, na China, e Timor-Leste, ilha situada entre a Indonésia e a Austrália. Desde o Século XVI, essas regiões foram dominadas pelos portugueses. Goa deixou de ser colônia portuguesa em 1961, tornando-se um Estado da República da Índia em 1974. Macau rompeu definitivamente seus vínculos administrativos com Portugal em 1999, passando a ser uma Região Administrativa Especial da República Popular da China. E o Timor-Leste tornou-se independente em 1975. Foi, no entanto, logo ocupado pelo governo da Indonésia, o que perdurou até 1999, quando conquistou sua autonomia nacional definitiva.

---

* Hélder Garmes é professor livre-docente da Universidade de São Paulo (USP), atuando especialmente nas áreas de Literatura Portuguesa, Estudos Comparados de Literaturas de Língua Portuguesa e História da Literatura. Tem por foco dois núcleos de pesquisa: um voltado para a obra de Eça de Queirós; outro, para a Literatura de Língua Portuguesa de Goa e de outras ex-colônias portuguesas na Ásia.

Portanto, são três territórios ligados pelo fato de terem sido possessões portuguesas por mais de quatro séculos e meio, motivo pelo qual a língua portuguesa foi cultivada em suas culturas, em maior ou em menor grau. Em Goa, Macau e Timor-Leste, outras tradições linguísticas vigoravam antes da chegada dos portugueses ou passaram a vigorar no decorrer de sua dominação. Hoje em dia, em Goa fala-se marata, urdu, hindi e, sobretudo, concanim e inglês, além de outras línguas indianas. Uma pequena parcela da população ainda fala o português, que se transformou em uma língua de família. Em Macau, as línguas oficiais são o cantonês e o português, mas, na prática, o cantonês é dominante, sendo o português falado por menos de 3% dos macaenses. Alguns ainda falam o patoá macaense, língua derivada da mescla entre o português e línguas asiáticas daquela região. No Timor-Leste, há dezesseis línguas locais, consideradas nacionais, sendo o português e o tétum as línguas oficiais. Além destas, o indonésio e o inglês também são falados em algumas áreas.

Diante da diversidade linguística que caracteriza essas regiões ocupadas pelos portugueses, é natural que seja bastante complexo identificar a raiz de uma narrativa oral ou mesmo escrita e anônima, já que muitas delas passam de uma língua para a outra, sofrendo ajustes e modificações. É importante observar também que algumas histórias que reconhecemos como pertencentes a esta ou aquela tradição, advieram de um amplo processo de circulação. É o caso de trechos do *Pañcatantra*, renomada coleção de narrativas escritas na Índia Antiga: chegou à Europa por meio da adaptação árabe intitulada

Calila e Dimna, dando origem a outras versões em inúmeros idiomas. Maria da Graça Tesheiner, Marianne Erps Fleming e Maria Valíria Aderson de Mello Vargas, responsáveis pela primeira tradução brasileira do livro feita diretamente do sânscrito, publicadas na forma de três volumes entre 2003 e 2013, ressaltam que o *Pañcatantra* é, provavelmente, a fonte de muitas coleções de fábulas que surgiram na Europa durante a Idade Média, tendo fornecido material para La Fontaine, por exemplo. Essa antiquíssima e intensa circulação de contos, mitos, fábulas e lendas nos leva a concluir que uma narrativa oral e tradicional pertencente a determinada comunidade tem a sua origem legitimada pela própria comunidade, uma vez que é muito complexo identificar a real procedência de muitas delas. Neste livro, Avani Souza Silva comunga com esta percepção tendo em vista a seleção dos contos, e os reescreve de modo singular e em consonância com tamanha complexidade.

Em *A Ásia recontada para crianças*, algumas histórias nos apresentam designações sociais peculiares — como brâmane (Goa), avô (Timor-Leste), tim-tim (Macau) — muitas vezes desconhecidas do leitor de língua portuguesa. Isso torna a experiência da leitura agregadora, conectando o leitor com outras formas de organização social. Também são apresentados mitos locais, como os deuses que aparecem no conto "O sol e a lua" e em "A deusa A-Má", ambas narrativas macaenses. Há também "O menino e o crocodilo", do Timor-Leste. São histórias que explicam a origem dessas localidades — é o caso das duas últimas. Desvendam um novo universo para os amantes dos panteões de deuses e abrem o nosso horizonte para outros imaginários coletivos.

Existem ainda narrativas que versam sobre a origem de coisas diversas, como a que revela o surgimento do bicho-da-seda, intitulada "O bicho-da-seda e a amoreira", de Macau, ou "Como o raposo e a crocodila perderam a amizade", de Goa, que nos explica por que essas duas espécies não se dão bem.

Os contos também apresentam um vocabulário rico em novidades para grande parte dos leitores. Avani Souza Silva teve o cuidado de introduzir um glossário ao final de alguns contos que apresentam vocabulários específicos para facilitar a leitura. De Goa, por exemplo, ficamos sabendo o que é rúpia, tica, sari; de Macau, o que é pataca ou o que é bolo lunar; do Timor-Leste, o que é baliku, kombili, Uma-Lulik, entre outras denominações. O leitor se depara, portanto, com o universo particular de cada território, o que promove uma inserção mais profunda nessas diferentes culturas.

A maior parte das narrativas é marcada por forte tradição oral, que se manifesta, muitas vezes, na repetição de determinadas estruturas narrativas, voltada para a sua memorização. Um conto exemplar é o "O carneirinho e o tambor". Toda vez ao carneirinho é perguntado para onde está indo, responde:

Para a vovó estou indo
Voltarei mais gordinho
Aí você pode me comer

Na sequência, vem outra forma repetitiva, na pergunta que as personagens fazem a um tambor, onde o carneirinho está escondido:

> *Tamborzinho! Tamborzinho!*
> *Você viu o carneirinho?*

Seguida da resposta do carneirinho:

> *Caiu no fogo*
> *E sumiu*
> *Só tem este tamborzinho*
> *Tam-tam, tum-tum!*

A Ásia recontada para crianças traz uma contribuição inegável para o desfrute, o entendimento e para o estudo das literaturas de língua portuguesa na Ásia. Ainda que em Macau e em Goa o português tenha se tornado uma reminiscência da colonização lusitana, o conhecimento sobre esse patrimônio cultural é fundamental. Não perdendo de vista as contradições que essas tradições orais implicam, uma vez que o processo colonial se fez sobretudo pela dominação militar e política, sua preservação e entendimento é de suma importância. É essencial compreender como as literaturas de tradição oral se comportam em contextos coloniais e entender quem somos nós, falantes de língua portuguesa nos dias de hoje, tocados de uma forma ou de outra por essa variedade de tradições.

A combinação de todas essas tradições orais talvez seja o campo mais árduo para ser preservado, pois, sistematicamente, ela depende de uma memória, cuja fragilidade é patente. Com este livro, Avani Souza Silva contribui para a preservação dessa memória, que, vale lembrar, tem se diluído muito rapidamente.

NOTA DA AUTORA

Como pesquisadora das Literaturas Infantis e Juvenis dos países africanos que também falam o português, e de suas tradições orais, com este livro volto meu olhar para a Ásia. Em *A África recontada para crianças*, propus uma travessia por histórias provenientes de Angola, Moçambique, Guiné-Bissau, Cabo Verde e São Tomé e Príncipe. Neste livro, a rota será para o Oriente: histórias de Goa, Macau e Timor-Leste, territórios em que a colonização portuguesa deixou traços na língua, na cultura e na arquitetura.

Em Macau, a prática de contar histórias era muito comum. Antigamente, havia mesmo a figura do narrador profissional, uma pessoa que ganhava a vida contando histórias nas ruas, nas praças públicas e nas casas das famílias. Houve uma verdadeira linhagem de narradores em Macau, de tanta importância que contar histórias tinha na vida social.

Em Goa, a prática da contação de histórias também é uma atividade familiar e comunitária das mais agradáveis, e acontece também em escolas e bibliotecas. Alguns estudiosos localizam a origem da fábula, então gênero popular, na antiga Índia (onde se localiza, hoje, Goa), há cerca de quatrocentos anos antes do nascimento de Cristo, inspirando fabulistas do mundo inteiro.

No Timor-Leste, as histórias eram contadas pelos anciãos ao redor da fogueira ou em espaços sagrados e no interior das famílias. Até hoje contam-se histórias como forma de transmissão da herança cultural. O universo oral timorense é rico em contos, fábulas e lendas. Há inclusive regras para contar certas histórias, uma vez que a palavra é considerada sagrada.

As histórias nas quais me baseei para compor este livro são muito antigas e foram originariamente recolhidas por missionários, folcloristas e pesquisadores. Eu as selecionei e as recontei do meu modo.

Destaco os seguintes autores que consultei: Anabela Leal de Barros, Arthur Francis 'Meurin' Santos, Ezequiel Enes Pascoal, José B. Rodrigues, Joseph Jacobs, Lúcio Rodrigues, Luís Gonzaga Gomes, Maria Cristina Casimiro, Ramiro Calle e Vieira de Almeida.

Agradeço à equipe da Fundação Oriente / Museu Oriente em Lisboa, e ao Instituto Português do Oriente, em Macau, pela colaboração na minha pesquisa.

a Ásia Recontada para Crianças

HISTÓRIAS DE GOA, MACAU E TIMOR-LESTE

COMO O RAPOSO E A CROCODILA PERDERAM A AMIZADE

Era uma vez um raposo e uma crocodila que eram vizinhos e viviam conversando. Naquelas semanas, porém, estavam mais calados. Fazia muitos dias que não chovia. O sol estava forte e até o rio secou. A crocodila, que se alimentava de peixes, começou a ter fome e a delirar:

— Ah, que delícia. Engolir um peixe, dois peixes, três peixes. Ah... um cardume inteiro!

O raposo ouviu seus disparates e perguntou o que ela tinha. Estaria doente?

— Três peixes, quatro peixes, cinco peixes... ah, um belo cardume!

Ele então percebeu que aquilo era fome: peixe não aparece em rio seco.

Teve uma ideia:

— O que você acha de dar um pulo lá no canavial? Podemos comer umas boas e suculentas canas.

A crocodila, tão abatida e cansada, respondeu:

— Não, obrigada, não quero ir. Na água sou veloz, mas na terra ando muito devagar. Se o dono do canavial me encontrar lá, será difícil escapar.

O raposo insistiu:

— Que nada! Nós vamos no final da tarde, quando não tem ninguém. Podemos comer cana à vontade e assim você mata essa fome.

A crocodila acabou concordando. No fim da tarde, lá foram eles para o canavial. O raposo, por ser mais rápido e ágil, chegou primeiro e comeu canas como um desesperado. Comeu uma, duas, três, muitas canas. Estavam docinhas e suculentas. Foi só então que a crocodila chegou, caminhando lentamente na terra. Mal ela abocanhou a primeira cana, o raposo fingiu sentir uma intensa dor de barriga e começou a gritar, rolando no chão:

— Estou passando mal! Alguém me ajude! Comi demais! Socorro!

A crocodila, muito assustada, pediu para ele:

— Não grite, por favor. Se alguém nos ouvir, correremos perigo.

Mas o raposo continuou com a gritaria:

— Socorro! Comi muitas canas, estou passando mal, vou morrer. Socorro!

O dono do canavial ouviu aqueles gritos e chamou seus funcionários. Todos se armaram de varas, pedras e bambus, e foram depressa em direção à plantação. O raposo saiu correndo. Correndo e rindo. A crocodila ainda ouviu suas risadas. Ela, coitada, tentava fugir, se arrastando muito devagar. Enquanto isso, os homens lhe batiam e iam lhe jogando pedras e mais pedras. Por fim, ela conseguiu fugir, mas ficou toda machucada.

No outro dia, o raposo, ao ver a crocodila, foi dizendo:

— Nossa, você ainda me parece muito faminta.

Ela respondeu:

— Sim, além de morta de fome eu estou dolorida com a surra que levei.

O raposo teve uma nova ideia:

— E se fôssemos comer mangas? Elas estão madurinhas!

A crocodila pensou que comer mangas era mesmo uma boa ideia. Mas, ao se lembrar da surra, ponderou:

— Tenho medo de apanhar de novo.

O raposo novamente a tranquilizou:

— Não vai acontecer nada. Se chegar alguém, basta você enfiar a cabeça no arbusto e moldar o rabo como se fosse um tronco de árvore. Ninguém vai perceber. Que tal?

Ela confiou no raposo. E lá foram eles para a plantação de mangas. Ele, por ser o mais veloz, chegou primeiro e já foi comendo as mangas. Elas haviam despencado das mangueiras e estavam espalhadas pelo chão, amarelinhas, maduras e docinhas. O raposo se banqueteou com as mangas. Comeu uma, duas, três, várias mangas. Foi quando a crocodila chegou. Mal ela abocanhou a primeira manga, molhando a boca com aquela polpa amarela e docinha, o raposo, fingindo dor de barriga, começou a gritar:

— Estou passando mal! Alguém me ajude! Comi demais! Socorro!

A crocodila, desesperada, pediu para ele ficar quieto, porque poderia aparecer alguém. Mas ele continuou a gritar:

— Comi muita manga! Estou passando mal! Socorro!

O dono da plantação estava com seus funcionários arrumando no caminhão as mangas que haviam colhido. Todos ouviram os gritos do raposo e correram em direção às mangueiras com paus e pedras nas mãos. O raposo fugiu pela cerca, gargalhando alto. Os homens viram o rabo da crocodila que fingia ser um tronco de árvore, e a sua cabeça metida dentro de um arbusto. Avançaram sobre ela e lhe deram uma grande surra. Com muito esforço, ela se arrastou de dor e conseguiu fugir. De volta à sua casa na mata, pensou: "Vou me vingar desse raposo".

No dia seguinte, enquanto o raposo estava passeando, ela resolveu entrar escondida na casa dele. Ela estava fraca, dolorida e muito faminta, por isso tomou uma decisão: comeria todos os alimentos que ele guardava no armário e, assim que ele chegasse, iria lhe dar uma boa surra de rabo, para ele não a colocar mais em apuros.

Ela abriu o armário do raposo e viu tantos mantimentos apetitosos que ficou até com tontura. Os olhos arregalaram de satisfação e ela, que não comia há muitos dias, escolheu uma melancia.

No mesmo instante, do lado de fora da casa, o raposo voltava do passeio. Ele notou que no chão havia um rastro de crocodilo em direção à sua casa. As marcas das patas eram era só de ida, e não de volta. Logo, concluiu que era a crocodila que estava dentro de sua casa. Começou a chamar:

— Minha casa, minha casinha! Minha casa, minha casinha!

Depois falou bem alto:

— Engraçado, sempre que chego em casa, eu chamo minha casa, minha casinha, minha casa, minha casinha. Assim: duas vezes. E ela responde. Mas agora este silêncio, por que será?

Nisso, a crocodila resolveu responder, passando-se pela casa:

— Olá! Bem-vindo, meu Mestre!

O raposo, certo de que a crocodila tinha se escondido dentro de sua casa, começou a gritar:

— Socorro, socorro! Tem um ladrão na minha casa! Me ajudem!

Os vizinhos chegaram com paus e pedras e deram uma grande surra na crocodila. A muito custo ela fugiu, toda arrebentada e dolorida. Chegando em casa, respirou fundo e pensou:

"Não adianta eu querer me vingar do raposo, ele é mais esperto do que eu. Embora esperteza não signifique sabedoria. Ele vive fazendo armadilhas contra mim. Melhor é acabar logo com a amizade."

E assim foi.

Pena que a crocodila não conseguiu dar uma surra de rabo no raposo: ele bem que merecia. Desde aquele dia, nenhum crocodilo ou crocodila teve mais amizade com nenhum raposo ou raposa.

O PASSARINHO

Um comerciante mantinha um pássaro numa gaiola em sua sala de estar.

O homem o havia trazido de sua última viagem à Índia, onde o passarinho até então vivia com seus parentes em uma linda floresta.

A gaiola era dourada e possuía muitos enfeites: sininhos, fitas, argolas e um bebedouro imitando uma flor. Mas não havia beleza que pudesse alegrar o coração do passarinho. Pequeno cantador, era bem tratado, com frutos e sementes, e recebia sempre água fresquinha. O seu canto, porém, tornava-se cada dia mais desanimado: ficar preso o deixava infeliz.

O comerciante viajava sempre para a Índia para comprar diversas mercadorias: tecidos, roupas, joias, pedras preciosas, calçados, sedas, porcelanas e objetos de decoração. Certa vez, com viagem marcada, falou para o passarinho:

— Você quer alguma coisa de lá?

O pássaro respondeu:

— Querer eu quero. Gostaria de bater bem forte as minhas asas e voar livre. Rabiscar o céu, ficar lá do alto olhando o mundo, pousado nos galhos das árvores, nos telhados das casas, nas pontinhas dos templos...

O negociante interrompeu o passarinho:

— Você quer alguma coisa de lá? Sim ou não?

O pássaro respondeu:

— Já disse o que eu quero. Mas já que você está perguntando, posso te pedir um favor?

— Pois não, pode pedir — respondeu o homem. E o pássaro pediu:

— Quando você chegar à Índia, vá na floresta e dê notícias minhas para os pássaros da minha espécie. Diga a eles que eu estou preso numa gaiola dourada na sua casa. Apenas isso. Pode ser?

Depois de alguns dias, o comerciante viajou. Quando chegou à Índia, foi até uma floresta em Goa e disse para os pássaros que um parente deles, da mesma espécie, estava prisioneiro numa linda gaiola dourada em sua casa.

No mesmo instante, um dos pássaros voou de um galho próximo, esticou o pescoço e as patas, e caiu aos pés do comerciante, ficando totalmente imóvel, como morto. O homem ficou muito impressionado, pensou que o coitado do pássaro tinha morrido de emoção ao receber notícias de seu parente.

Depois de vários dias de muitos afazeres e negócios, ele retornou de viagem. Ao entrar em casa, carregado de pacotes e malas, apenas os colocou no chão, o passarinho foi logo lhe perguntando:

— Por favor, me diga: você esteve com os meus parentes? Deu o recado que eu pedi?

O comerciante respondeu:

— Sim, mas, infelizmente, tenho uma má notícia: assim que eu dei o recado, um dos seus parentes voou na minha direção, esticou o pescoço e as patas e caiu morto aos meus pés. Lamento profundamente.

Quando o comerciante acabou de falar, o passarinho fez o mesmo: esticou o pescoço e as patas, e caiu no piso da gaiola, como morto, igualzinho ao seu parente.

O comerciante ficou surpreso:

— Oh, que pena! Morreu, coitadinho! Foi a emoção com a notícia da morte do seu familiar. Tadinho!

Então, ele retirou o passarinho da gaiola e o colocou sobre o beiral da janela. Depois pensaria no que fazer com ele.

Porém, mal o comerciante virou as costas para pegar os seus pacotes, o passarinho bateu asas e fugiu para uma árvore próxima. Do alto do galho, disse ao comerciante:

— Agora estou livre de novo. Segui o conselho do meu parente, e eu também me fingi de morto.

Depois disso, o passarinho bateu bem forte as suas asinhas e voou para bem longe.

O CARNEIRINHO E O TAMBOR

Era uma vez um carneirinho. Ele era branco, pequeno, peludo, muito fofo. Fazia beeeé, pulando aqui, pulando ali com imensa alegria. Desengonçado, dava passinhos desajeitados: plect, plect. Era também muito guloso e vivia pensando em comida, especialmente naquelas ervas bem fresquinhas. Hum... que delícia!

Um belo dia, foi todo saltitante visitar sua vovozinha ovelha. Pelo caminho, ia observando os pássaros, as borboletas, as flores, pensando em como a natureza era linda e o quanto ele estava feliz porque estava indo para a casa da vovó. Lá ele poderia brincar à vontade, pular, saltar plantas e pedrinhas, se deitar na grama... Pensava também nas histórias que pediria para ela lhe contar e no tanto que ele iria comer. E assim, pensando, pensando, foi-se aproximando da casa da avó.

De repente, um chacal pulou na sua frente com a boca aberta, salivando, e lhe disse:

— Carneirinho, gordinho. Eu vou te comer!

O carneirinho deu uma cambalhota e respondeu cantando:

Para a vovó estou indo
Voltarei mais gordinho
Aí você pode me comer

O chacal ficou meio sem jeito, nunca tinha visto um bichinho assim tão alegre, que sequer tremia de medo dele. Mas como ele iria voltar mais gordinho, o chacal achou bem razoável deixar ele passar e comê-lo na volta.

E lá foi o carneirinho, pulando aqui, pulando ali, brincando, brincando. Logo, uma águia pousou na sua frente com os olhos arregalados de fome. Foi logo dizendo:

— Carneirinho, gordinho. Eu vou te comer! Vou começar pela barriguinha...

O carneirinho mais do que depressa deu uma cambalhota e respondeu, cantando:

Para a vovó estou indo
Voltarei mais gordinho
Aí você pode me comer

A águia ficou contente com a possibilidade de comê-lo na volta. E o deixou passar. Voou para longe e pousou no alto da colina.

E lá foi o carneirinho, pulando aqui, pulando lá, pulando acolá, pulando acolalá. Em seu caminho, deparou-se também com um tigre e um lobo. Os dois também lhe disseram:

— Carneirinho, gordinho. Eu vou te comer!

Em todos esses encontros, ele deu uma cambalhota e respondeu a cada um deles cantando:

Para a vovó estou indo
Voltarei mais gordinho
Aí você pode me comer

Finalmente, ele chegou à casa da vovó e disse, assustado:

— Vovó, você não imagina o que aconteceu comigo no caminho. Um chacal, depois uma águia, um tigre e um lobo queriam me comer. Só que para me livrar deles eu prometi que iria ficar mais gordinho. Então, para pagar a promessa terei que comer bastante. Posso dormir no celeiro?

A vovó ficou muito contente com a lealdade e a boa educação do seu netinho e o deixou dormir no celeiro. Lá tinha muita comida, e o carneirinho comia muito, sem parar. Depois de uns dias, já estava quase explodindo. Então a vovó disse que ele já estava gordinho o suficiente, como havia prometido aos animais. Já poderia voltar para casa.

Na hora da despedida, o carneirinho revelou à vovozinha que estava com muito medo de ser comido por algum dos animais, ainda mais agora que ele estava tão redondinho e saboroso. Então a vovó e o carneirinho foram falar com o vovô carneiro. O vovô teve uma ideia: construiu um tambor com a pele de um carneiro que havia morrido. Por fora do tambor a pele, por dentro a lã. E o entregou ao netinho:

— Carneirinho, agora você vai embora dentro do tamborzinho, rodando, rodando pelo caminho. Ninguém vai desconfiar.

E lá foi ele embora dentro do tamborzinho recheado de lã, no macio e no quentinho, rodando, rodando, se divertindo.

De repente, surgiu a águia:

Tamborzinho! Tamborzinho!
Você viu o carneirinho?

O carneirinho, tão alegrinho no seu esconderijo, respondeu:

Caiu no fogo
E sumiu
Só tem este tamborzinho
Tam-tam, tum-tum!

— Que pena, — suspirou a águia. — Bem que eu deveria tê-lo comido!

O carneirinho, rindo por ter enganado a águia, continuou seu caminho, rodando, rodando no seu tamborzinho.

Ele se deparou com o tigre e o lobo, que fizeram a mesma pergunta:

Tamborzinho! Tamborzinho!
Você viu o carneirinho?

A cada um deles ele respondeu de dentro do tambor, no quentinho do seu ninho:

Caiu no fogo
E sumiu
Só tem este tamborzinho
Tam-tam, tum-tum!

Os animais se lamentaram por terem perdido a oportunidade de comer um carneirinho tão gordinho e apetitoso. Ele seguiu seu caminho alegremente dentro do esconderijo. Mas, quando ele estava quase chegando à sua casa, deparou-se com o chacal, que lhe perguntou:

Tamborzinho! Tamborzinho!
Você viu o carneirinho?

O carneirinho, envolvido na lã dentro do tambor, respondeu:

Caiu no fogo
E sumiu
Só tem este tamborzinho
Tam-tam, tum-tum!

O chacal, reconhecendo a voz do carneirinho, foi dizendo:
— Hum! Hum! Você não me engana não, carneirinho. Sei que está aí dentro. Que delícia de carneirinho... gordinho... gordinho...!

E avançou no tamborzinho. O carneirinho deu um impulso bem forte e saiu rolando. O tamborzinho desceu a ladeira desabalado:

Tam-tam, tum-tum!
Tam-tam, tum-tum!

O chacal correu e pulou em cima do tamborzinho. Mas como ele rolava, o chacal também rolou e caiu: ploft! Levantou-se e continuou a correr. Deu um novo salto e novamente caiu: ploft! Engasgou-se com a poeira do caminho, tossindo, tossindo: cof, cof! Cof, cof!

O tamborzinho descendo a ladeira, o carneirinho assustado lá dentro. Eis que vem de novo o chacal e dá um salto na frente dele para fazê-lo parar. Erra o salto e cai estatelado, gemendo: ai, ai, ai!

Mal se recuperou, o chacal saiu em desabalada carreira para tentar parar o tamborzinho, e correu, correu, correu. Não conseguiu alcançá-lo: ficou engolindo poeira e rolando, rolando, como se fosse ele o tambor.

O carneirinho seguiu o seu caminho dentro do tamborzinho. O chacal até tentou se levantar, mas doíam-lhe as costelas, a cabeça, as patas dianteiras, as patas traseiras, a barriga. Estava todo dolorido. Tossia e gemia: cof, cof! Cof, cof!! Ai, ai, ai!

Sem conseguir pegar o carneirinho, o chacal desistiu. Caído no chão, só restou ver o tamborzinho rolando, longe de suas garras.

Tam-tam, tum-tum!
Tam-tam, tum-tum!

E foi assim que o carneirinho branco, pequeno, peludo e muito fofo conseguiu enganar todos os animais que queriam comê-lo.

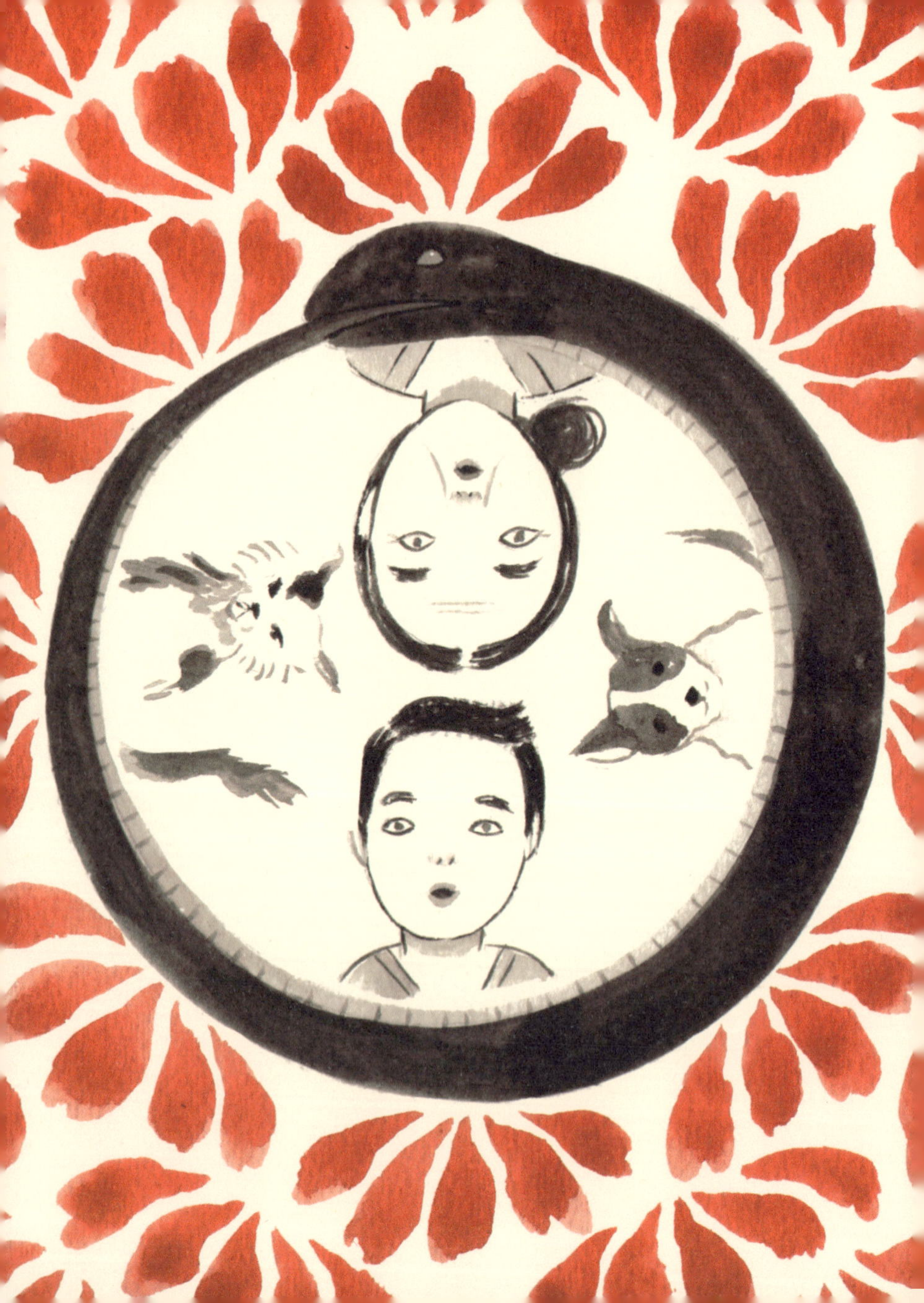

O ANEL MÁGICO

Em um vale próximo às colinas, vivia uma mulher muito pobre com seu filho. Moravam em uma cabana. Ele era um menino muito distraído. Às vezes, sua mãe o mandava às compras, no caminho ele se esquecia o que era para comprar.

No trajeto, ele ia dizendo: sal, sal, sal. Para não se esquecer. Ou então ia repetindo: açúcar, açúcar, açúcar. Porém, ele se distraía com algum pássaro cantando nas árvores, com os imensos desenhos que as nuvens faziam no céu, com as flores do abolim ou com um inseto diferente. E até com seus próprios pensamentos. Pronto! Ao chegar ao mercado, ficava em dúvida se era sal ou açúcar, açúcar ou sal. E voltava para casa para perguntar. Sua mãe ficava brava, porque ele, além de demorar para ir, demorava para voltar e tinha de ir ao mercado de novo.

Um dia, a mãe lhe deu um saco de arroz para ele vender no mercado. Ele colocou o saco na cabeça e lá se foi. Sua mãe lhe fez várias recomendações:

— Olha, lá. Não vá derrubar o saco no caminho.

Ela ainda adicionou:

— Não entregue o saco de arroz sem antes conferir o dinheiro.

Para ter certeza de que o filho entendeu bem, disse:
— Preste atenção: coloque o dinheiro no bolso.

E repetiu:
— Não vá perder o dinheiro.

O menino ouviu tudo direitinho, e fez que sim com a cabeça a todas as recomendações da mãe.

Naquele dia, partiu como sempre fazia. Ia olhando as coisas do caminho, distraía-se com as pessoas, ouvia o canto dos pássaros. Indo assim, tranquilamente, chegou à vila. Logo que atravessou a estradinha, viu um mágico distraindo as pessoas com seu cachorro treinado que obedecia aos seus comandos:

— Dá a patinha! — o cachorro obedecia.

— Fique de pé! — o cachorro ficava de pé apoiado somente nas patas traseiras.

— Finja que está morto! — ele se atirava no chão e ficava imóvel.

— Pule este arco! — ele pulava um arco amarelo.

O mágico cantava, batendo palmas e fazendo compasso com um dos pés, e o cachorro dançava ao som daquela música. Depois o cachorro dava uma pirueta e abaixava a cabeça para receber os aplausos.

O menino ficou encantado com o cachorro e propôs ao mágico:

— Quer trocar esse cachorro por este saco de arroz?

O mágico aceitou. E o menino foi com o cachorro para casa, muito feliz por ter um companheiro. No caminho, ia se divertindo com o animal. Atirava gravetos para ele ir buscar.

Porém, ao chegar em casa, a mãe lhe perguntou pelo dinheiro. Ao saber da troca do saco de arroz pelo cachorro, ela ficou furiosa:

— Você não deveria ter feito isso. Precisamos do dinheiro para comprar comida. Agora temos mais uma boca para sustentar!

No outro dia, a mãe lhe deu um novo saco de arroz para ele vender, e desta vez fez mais recomendações:

— Não vá trocar o saco de arroz por nada, entendeu? Traga o dinheiro!

O menino fez que sim com a cabeça, e partiu com o cachorro. Ao chegar à vila encontrou a cena parecida com a do dia anterior: o mágico estava fazendo demonstrações mirabolantes com um gato enrolado no pescoço. O gato era treinado e fazia muitas travessuras. O espetáculo era divertido.

O menino na mesma hora se esqueceu das recomendações da mãe e propôs ao mágico trocar o saco de arroz pelo gato. O mágico aceitou. E lá foi o menino de volta para casa, muito contente com o gato no colo e o cachorro caminhando ao seu lado.

Pelo caminho, ele viu duas cobras brigando. Ele então colocou o gato no chão, próximo a elas. O gato eriçou os pelos e deu um miado muito bravo. Uma das cobras fugiu para longe. A outra cobra, toda machucada, disse para o menino:

— Obrigada por me ajudar. Meu pai é o rei das cobras. Vamos comigo até o palácio dele que ele vai te recompensar.

Assim, o menino foi ao reino do pai da cobra, acompanhado do cachorro e do gato. Como tinham que atravessar uma fonte sagrada, o cachorro e o gato ficaram na margem esperando por eles. Chegando ao palácio, a cobra apresentou o menino ao pai e lhe disse que foi salva por ele. O rei cobra, muito satisfeito, agradeceu:

— Como recompensa, vou te dar este anel de ouro que é mágico. Não o perca. Coloque-o no seu dedo e peça a casa que gostaria de ter. E aqui também tem um pote e uma colher. O que precisar de comer peça para eles que você terá as melhores iguarias.

O menino voltou para casa animado, mas a mãe voltou a brigar com ele:

— Onde já se viu? E o dinheiro da venda do arroz? Cadê? E esse gato? Mais uma boca para sustentar?

O menino a acalmou. Ele lhe mostrou o anel de ouro no dedo, dizendo que ele era mágico e que daria para eles uma bela casa. E que isso era um segredo que não poderia ser contado para ninguém.

Então ele pediu para o anel uma casa bem bonita, com os quartos voltados para um pátio, pintada de branco e com as portas e janelas azuis, e equipada com mobílias, enxovais e utensílios domésticos como panelas, pratos, copos, xícaras, talheres.

Imediatamente, a cabana em que moravam desapareceu e em seu lugar surgiu a casa que ele tinha pedido. Depois, ele pediu as melhores comidas para o pote e a colher, e a mesa ficou cheia de iguarias, especialmente as chamuças: uns pasteizinhos triangulares recheados de legumes, feijões e ervas aromáticas. Uma delícia! E o caril de camarões com quiabos, então? Eles são ensopados no leite de coco e molho de peixe, e temperados com curry, condimentos e coentro. Hum...

Desde aquele dia, o menino foi muito feliz, brincando e se divertindo com o cachorro e o gato. A mãe tratava todos com amor. Viveram muitos anos naquela casa, respeitados por todos e rodeados de alegria.

GLOSSÁRIO

Abolim — Arbusto nativo da Índia, cuja flor, também chamada abolim, é vermelha ou alaranjada em espiga. Em algumas regiões, usam-se flores do abolim para fazer guirlandas, enfeites ou arranjos nos cabelos das mulheres.

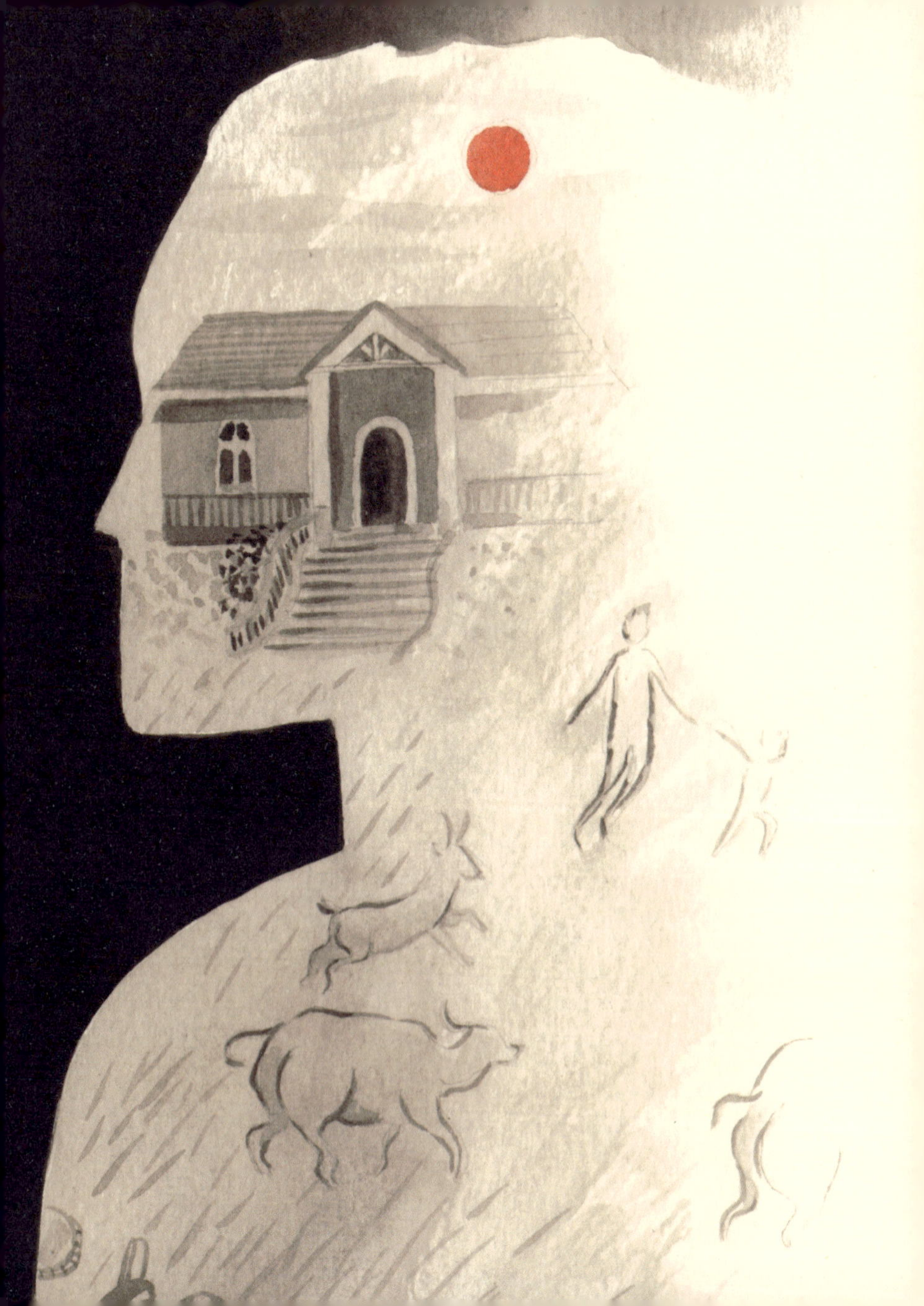

O BRÂMANE E O POTE DE FARINHA

Em uma aldeia na Índia morava um brâmane muito pobre, porém sonhador. Ele estava muito feliz porque tinha conseguido juntar um grande pote de farinha, com as esmolas que davam para ele. Eram tempos difíceis aqueles: havia muita fome, e ter farinha era uma verdadeira fortuna.

O brâmane pendurou o pote em um gancho por cima de sua cama. Gostava de ficar deitado, admirando o pote e pensando: "Posso me considerar rico, afinal consegui economizar toda essa farinha. Vale um bom dinheiro!"

Aquele pote para ele era um tesouro. Não cessava de contemplá-lo. Uma noite, pensou tanto e planejou:

"Que bom, já tenho o pote cheio de farinha. Se acontecer alguma coisa ruim, eu posso vendê-lo por umas cem rúpias. Com essas moedas eu posso comprar um bode e uma cabra. A cada seis meses podem nascer cabritinhos. Em pouco tempo já terei um rebanho. Se vender o rebanho, eu poderei comprar muitas vacas; se vender as vacas, poderei comprar búfalos; vendendo os búfalos, poderei comprar cavalos e éguas. As éguas terão muitas crias, e com as crias das éguas eu terei muitos cavalos. Se vender os cavalos, poderei ter um bom lucro, em ouro... Com o ouro, eu construirei uma bela casa com quatro salas e um pátio central, as janelas pintarei de azul. Serei respeitado. Depois, um brâmane virá me oferecer a mão de sua filha em casamento, e como ela será bonita e rica e virá com um grande dote, eu aceitarei logo. Ela usará um sari azul com bordados, terá muitas joias e uma linda tica na testa. Terei um filho lindo que se chamará Kabir. Quando ele começar a andar, vai querer sempre ficar no meu colo. Um dia eu estarei na cocheira distraído lendo um livro, e ele correrá para pular no meu colo, ficando muito perto dos cascos dos cavalos. Terei de gritar: — Kabir!, e correr para salvá-lo."

O brâmane estava tão mergulhado em seus pensamentos que deu um salto imaginário para salvar o filho das patas dos cavalos, e acabou dando um pontapé no pote de farinha. O pote se quebrou e a farinha caiu em cima dele, espalhando-se pela cama e pelo chão. E foi assim que o brâmane perdeu o pote de farinha. Por isso, dizem os antigos: quem faz planos inviáveis para o futuro, fica branco na cama como o pai de Kabir.

GLOSSÁRIO

Brâmane — Membro da casta Brahmin (em português, Brama) considerada a mais elevada das castas na sociedade indiana de tradição hindu. É associada culturalmente aos sacerdotes, filósofos e professores.

Castas — Referem-se às classes em que se dividem os povos da Índia, por exemplo: os brâmanes, os chátreas, os sudras etc.

Rúpia — Moeda usada na Índia.

Sari — Peça única de tecido que envolve todo o corpo, vestuário típico das mulheres indianas.

Tica — Adorno de pedras preciosas e semipreciosas usado pelas mulheres indianas na testa, preso nos cabelos.

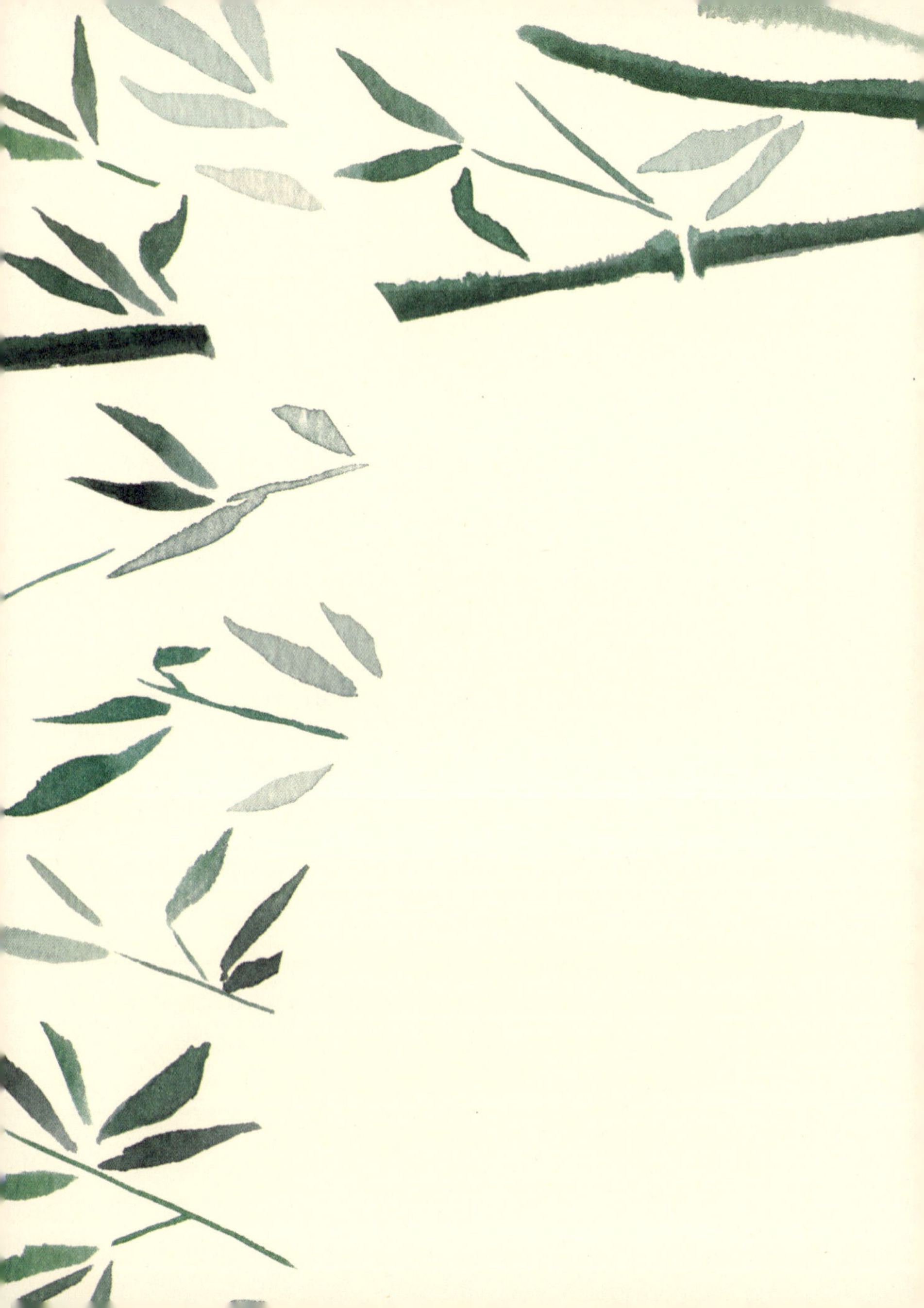

MACAU

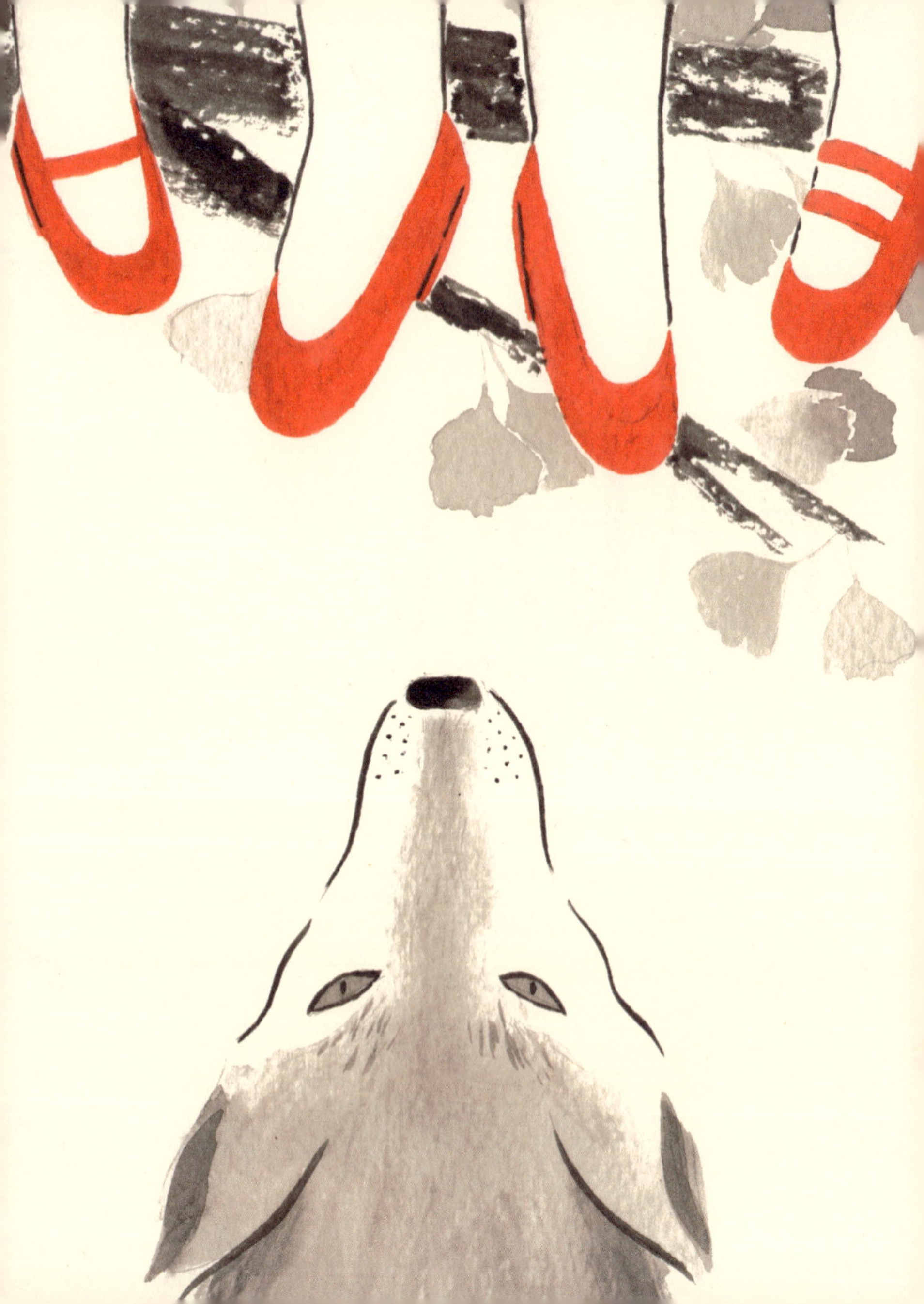

O LOBO DESASTRADO

Era uma vez uma mulher que vivia sozinha com suas três filhas pequenas: Shuang, Biyu e Mei. As meninas eram muito unidas e brincavam sempre juntas.

A mãe um dia fez deliciosas merendas para levar para a avó, que morava distante: pãezinhos redondos salpicados de gergelim, frituras com formas de borboleta e uma deliciosa sopa de massa de farinha cortada em tiras acompanhada de carne de porco assada. Uma delícia.

Organizou tudo em dois cestos, prendeu-os na *pinga*, uma vara chinesa que se coloca sobre os ombros para carregar os cestos, um em cada ponta. Ao sair, avisou as filhas:

— Shuang, Biyu e Mei. Mamãe vai fazer uma visita à vovó, e vocês tenham muito cuidado. Não saiam de casa nem abram a porta para ninguém. Entenderam? Volto amanhã cedinho.

E saiu. Porém, um lobo que estava escondido por ali, ouviu tudo e já teve ideias. E ideias de lobo são sempre sobre comer alguém. Ele esperou anoitecer e bateu na porta da casa das meninas: toc, toc, toc.

Shuang, a mais velha, ficou surpresa com uma visita tão tarde, e perguntou:

— Quem é?

O lobo, imitando voz de velhinha, respondeu:

— Sou eu, a vovozinha.

Shuang ficou desconfiada, e disse:

— Vovozinha? Como assim? A mamãe foi à sua casa.

O lobo, mais que depressa, respondeu:

— Ah, ela deve ter ido por um caminho... e eu acabei vindo por outro. Por isso não nos encontramos. Agora, abram a porta, por favor. Estou com frio.

Shuang ainda estava desconfiada. E insistiu:

— Mas por que a sua voz está assim tão estranha?

E o lobo disse:

— Ah, você nem imagina. Eu peguei uma gripe. Ainda estou rouca, por isso minha voz está falhando. Abram a porta, porque estou congelando de frio.

As irmãs de Shuang, comovidas, foram logo abrindo a porta.

— Entre vovó, entre.

O lobo entrou rápido e apagou a luz para que elas não percebessem quem ele era. Shuang ficou cada vez mais desconfiada e perguntou:

— Vovó, por que apagou a luz?

O lobo começou a choramingar:

— Estou com um problema nos olhos, e com a luz, piora.

Shuang ofereceu um banco para que a avó se sentasse.

O lobo se atirou no banco, e sem querer se sentou em cima do rabo. Doeu e ele deu um grito:

— Ai!

Shuang lhe perguntou o que tinha acontecido.

E o lobo disse:

— Eu estou com um furúnculo. Acho melhor me sentar naquele cesto.

Ao sentar-se no cesto, o seu rabo fez um barulho: plof, plof.

Shuang lhe perguntou:

— O que está se mexendo no cesto, vovó?

E o lobo disse:

— É uma galinha que eu trouxe para vocês. Vamos comê-la amanhã, no almoço.

Biyu e Mei abraçaram-se ao lobo, pensando que era a vovozinha, e pediram para ficar no colo dele. Ele começou a apalpá-las:

— Hum, como vocês estão rechonchudas, gordinhas, fofinhas.

Pegando a menorzinha, ele disse:

— Hoje você vai dormir na cama com a vovó.

O lobo começou a bocejar, fingindo estar com sono. Colocou Mei de um lado da cama, e as outras duas do outro lado. Shuang esticou a perna e o seu pé tocou no rabo do lobo. Ela levou um susto:

— Vovó, vovó! O que é isso peludo aí?

O lobo deu logo uma desculpa:

— São rolos de linhas.

Shuang estendeu o braço, tocou sem querer nas garras do lobo. Assustada, exclamou:

— Vovó, vovó, o que é isso pontudo aí?

E o lobo, tranquilizando a menina, disse:

— São umas agulhas que eu trouxe para costurar.

Shuang, percebendo que estava diante de um lobo, e não da vovozinha, pensou em fugir. Puxou sua irmãzinha Mei, que estava abraçada no lobo, e disse:

— Mei, vamos lá fora fazer xixi.

E o lobo interrompeu:

— Não! Vai sair pra quê? Faça aqui mesmo na cama.

Shuang respondeu:

— Não pode. O Deus da Cabeceira da Cama não admite.

O lobo retrucou:

— Ora, então faça ali, atrás da porta.

E Shuang disse:

— Claro que não, o Deus das Portas não permite.

O Lobo, convencido, disse com a voz rouca e falhada:

— Está bom, então. Leve-a para fazer xixi lá fora, mas volte logo.

Shuang, aproveitando a oportunidade, gritou para a irmã:

— Biyu, Biyu, leve a Mei lá fora. Depressa!

As duas saíram, e imediatamente Shuang perguntou ao lobo:

— Vovó, quer comer nozes de gingko?

— O que é gingko? — perguntou o lobo.

— É uma castanha muito saborosa, macia, melhor que carninha...

— Ah, é? Melhor que uma carninha? — perguntou o lobo.

— Muito melhor, mil vezes melhor. Elas nascem na árvore que está lá fora. Vamos lá?

O lobo, se fazendo de coitado, lamentou:

— Onde já se viu vovozinha subir em árvore? Minhas pernas não aguentam. Você pode subir e pegar as castanhas para mim?

Shuang disse:

— Está bem, vovó.

Shuang saiu no quintal, cochichou com as irmãs e as três rapidamente subiram na árvore. Lá de cima, Shuang falou para a vovó:

— Hum, vovó, as castanhas estão uma delícia. Se a senhora quiser, amarre a corda no cesto, jogue a ponta aqui pra cima, e entre no cesto. Nós vamos puxar o cesto e senhora vem junto. E aqui pode comer à vontade.

O lobo achou uma ótima ideia. Sentou-se no cesto, amarrou a corda e jogou a ponta para cima. Shuang pegou a ponta da corda, apoiou-a num galho robusto e, com a ajuda das irmãs, puxou o cesto. Quando o cesto estava bem alto, quase chegando aonde elas estavam, elas largaram a corda e o cesto despencou lá de cima. O lobo se estatelou no chão.

As meninas começaram a chamá-lo:

— Vó, vovó, vovozinha?

Insistiram:

— Vó, vovó, vovozinha?

E o lobo continuava lá, calado, sem se mexer. Então, elas desceram da árvore muito contentes, correram para casa, entraram, trancaram a porta e foram dormir. Estavam tão cansadas pelo esforço que fizeram para puxar o cesto com o lobo que logo adormeceram.

Na manhã seguinte, quando a mãe delas chegou, trazendo guloseimas da casa da vovozinha, e viu o lobo desconjuntado perto da árvore de gingko, correu preocupada para dentro de casa. Foi uma alegria para ela encontrar suas filhas salvas. Elas começaram a lhe contar, todas ao mesmo tempo, a aventura da noite anterior. Contavam, recontavam e riam, sem parar. Enganaram o lobo direitinho.

GLOSSÁRIO

Gingko biloba — Árvore milenar considerada sagrada, cujas castanhas, conhecidas como gingko, têm inúmeras propriedades curativas.

Você sabia? — Os deuses referidos neste conto (Deus do Fogão, da Cabeceira da Cama e das Portas) fazem parte do panteão chinês, que é o conjunto de Deuses da China, dentre os quais há também o Deus do Chão, da Cama, do Portão e outros.

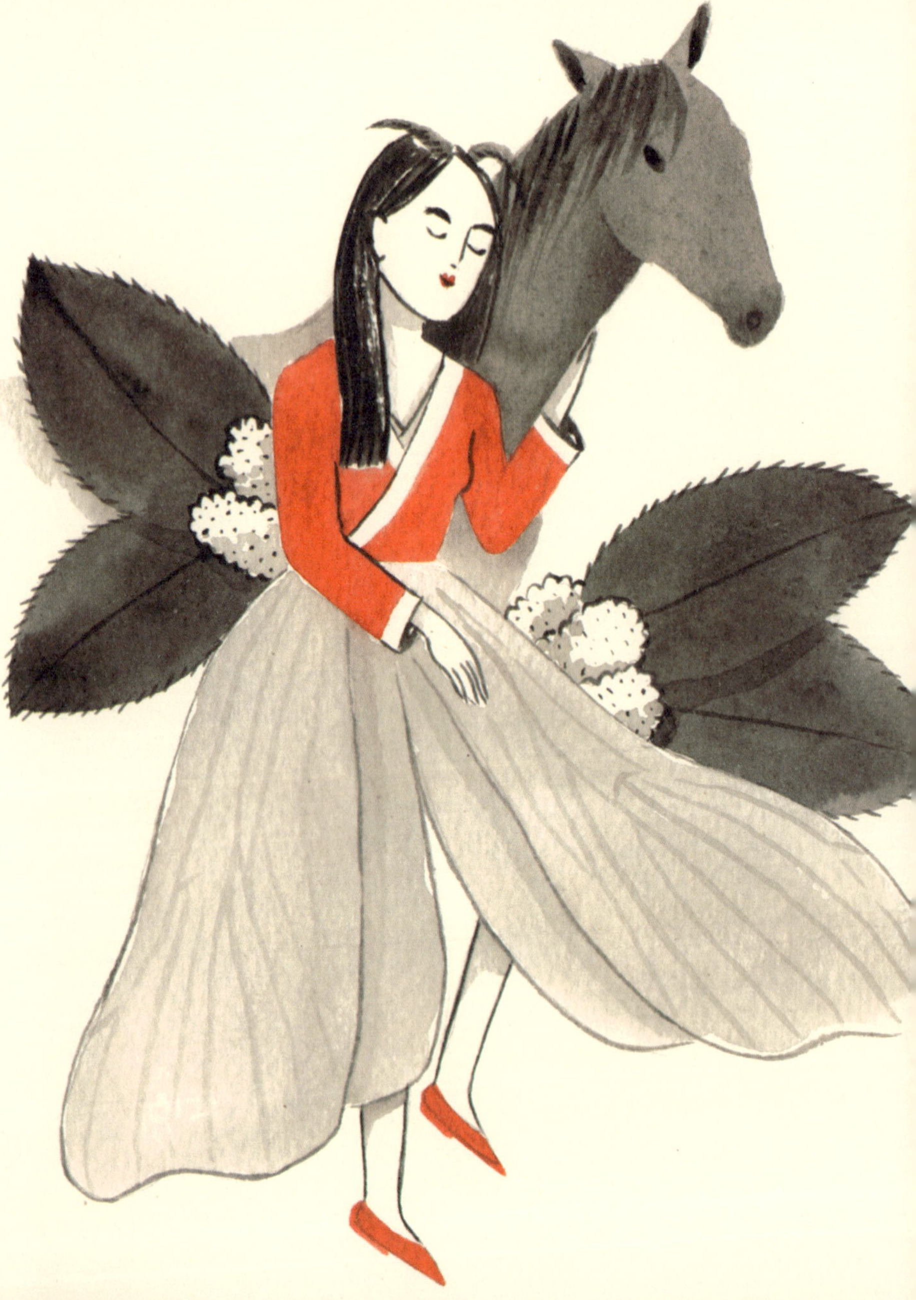

O BICHO-DA-SEDA E A AMOREIRA

Uma jovem muito bonita e delicada vivia com seus pais em um castelo.

Todos gostavam dela porque era gentil e afetuosa.

Seu pai sempre saía a cavalo pelos largos campos da região, regressando no fim do dia. Mas ocorreu que uma vez ele saiu e não voltou. A jovem o esperou durante a noite inteira, sem dormir. E nada de o pai voltar. Pensou que algo de ruim poderia ter acontecido com ele. Pela manhã, estava com as pálpebras inchadas de tanto chorar.

Sua mãe também passara a noite acordada. Estava cansada e triste. Ela tinha medo de que o marido tivesse sofrido algum acidente grave.

Passou um novo dia e nada de o pai voltar. A mãe continuou a esperar o marido, contratando pessoas para procurá-lo a cavalo. Vários e corajosos cavaleiros partiram em todas as direções. A moça, contudo, ficou inconsolável. Vestiu-se de luto e se trancou em seu quarto, recusando-se a ver quem quer que fosse até que seu pai chegasse. Mas o pai não chegou no dia seguinte, no outro, no outro e nem no outro. Ele nunca mais chegou.

Toda a vizinhança procurava pelo pai da jovem e ninguém tinha notícias dele. As buscas resultaram infrutíferas, os cavaleiros voltavam sem nenhuma informação. A mãe mandou perguntar até para salteadores e ladrões que andavam pela região, mas nenhum deles o tinha visto. Consultados, os sacerdotes rezavam e acreditavam que o marido estivesse vivo, mas não era nada de concreto. Passou um ano, e ninguém trazia notícias do pai da jovem.

A mãe, muito aflita, fazia preces e jejuns para o marido voltar. Por fim, prometeu a mão de sua filha em casamento a quem trouxesse notícias do paradeiro dele.

Essa promessa atraiu todos os jovens daquele e de outros reinos, que também partiram a cavalo, em diversas direções, em busca de respostas. Subiram montanhas, desceram vales, atravessaram rios, galoparam em terras cada vez mais distantes. E nada. Nenhuma informação sobre o paradeiro do pai da jovem. Com o tempo, os cavaleiros foram ficando desanimados, cansados de tantas viagens inúteis.

Um dia, o cavalo do pai da jovem, que na manhã do desaparecimento tinha regressado sozinho, partiu de repente a galope pelos campos. Partiu tão veloz que nenhum cavaleiro conseguiu alcançá-lo.

Qual não foi a surpresa de todos quando o cavalo voltou, trazendo o velho pai há tanto tempo desaparecido. Todos ficaram muito felizes e durante dias houve festas com canções, comidas, bebidas e danças.

Contudo, sem que ninguém esperasse, o cavalo caiu em grande tristeza. Esquecido na cocheira, nem comia. Foi emagrecendo, emagrecendo. O pai ficou intrigado, e sem entender perguntou à esposa o que estava acontecendo. Ela então contou ao marido sobre a promessa que fizera de entregar sua filha em casamento a quem trouxesse notícias dele. O pai, percebendo que nada poderia ser feito neste caso, visto que a filha não poderia se casar com um animal, mandou então aprimorar os cuidados com o cavalo: lustrar bem seu pelo, aumentar a quantidade de comida, dar-lhe água fresca a todo momento e o levar a passear ao redor do castelo, como forma de agradá-lo.

Nada adiantou: o cavalo não se interessou pela comida, nem pela água fresca, nem pelos passeios. E parou de comer. Quando a jovem passava perto dele, ele ficava agitado e relinchava alto, com as poucas forças que tinha. Os pais já não sabiam o que fazer.

Finalmente resolveram abater o cavalo. Depois de morto, retiraram a pele do cavalo e a penduraram em uma árvore para secar. E lá ficou. A jovem, passeando por ali, foi de repente envolvida por aquela pele e levada pelos ares. Ninguém mais a viu e nem soube do seu paradeiro.

Alguns dias depois, a pele do cavalo surgiu pendurada em outra árvore. Era uma árvore desconhecida na região: largas folhas, copa grande e pequenas frutas brancas, com gomos colados uns aos outros. Havia uma lagarta no meio dos galhos, que passava o dia a comer as folhas. Os pais concluíram que a jovem se transformara na lagarta.

Porém, não era uma lagarta qualquer, prestes a se transformar em uma borboleta: era o bicho-da-seda. Do seu casulo se podia extrair os fios brilhantes para formar a seda, tecido tão cobiçado. Leve, macio e vistoso, servia para confeccionar roupas das famílias dos imperadores, de militares poderosos e nobres chineses. Aquela árvore, de repente em meio às terras do reino, era, portanto, a amoreira-branca, a preferida do bicho-da-seda.

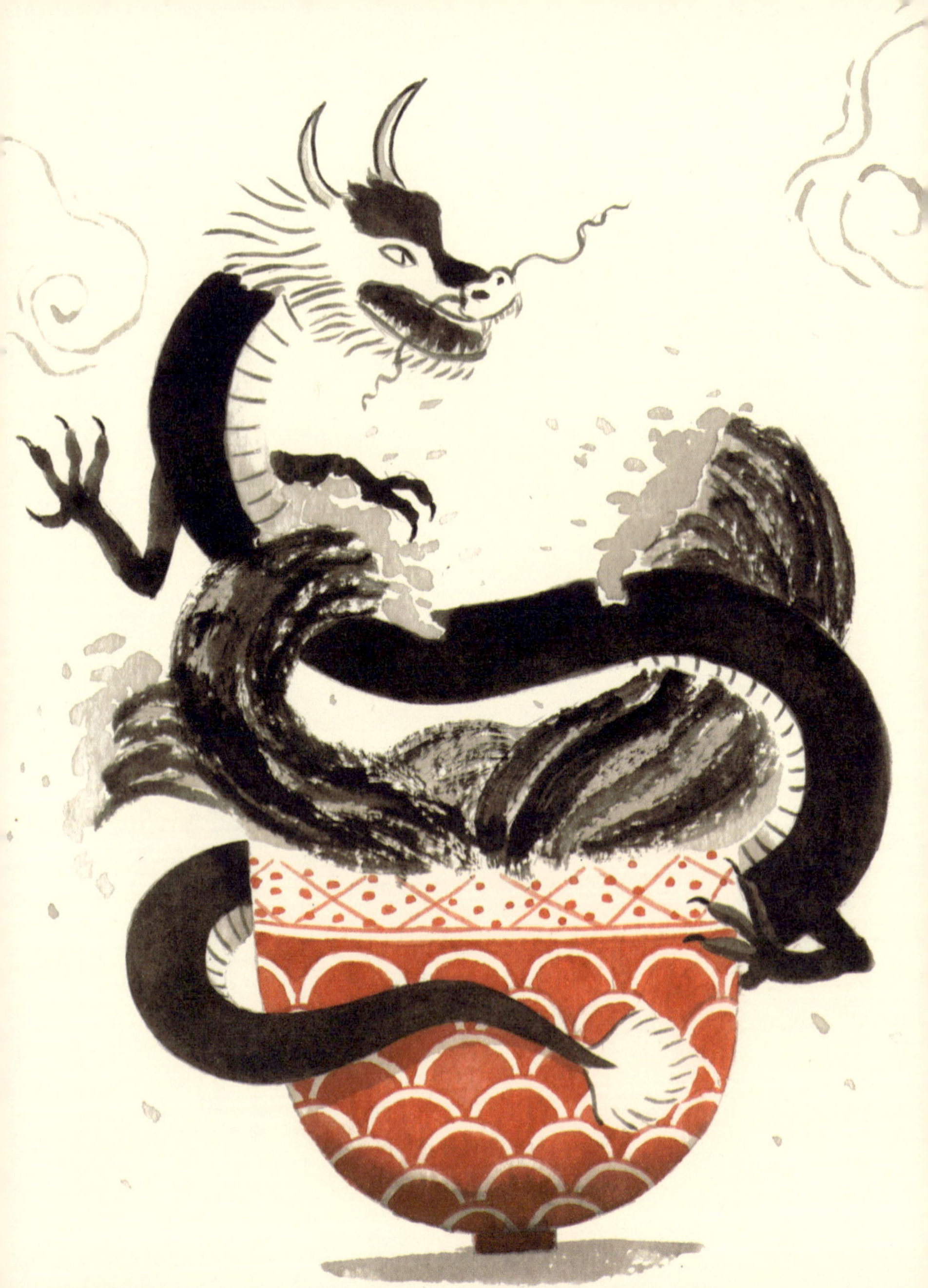

A TIGELA MÁGICA

Antigamente, em Macau, havia muitos vendedores ambulantes. Isto é, negociantes que saíam às ruas fazendo barulho para chamar a atenção das donas de casa, vendendo panelas, consertando tesouras, trocando ou comprando produtos para revendê-los.

Eles levavam os produtos pendurados em cestos na ponta de varas, chamadas pingas. Essas varas ficavam apoiadas em seus ombros. Vendiam comida, jornais, linhas, produtos de bazar, doces, pães, sedas, livros para vender e para alugar, utensílios domésticos, consertavam calçados, palhinhas de cadeiras, etc. Eram conhecidos genericamente como tim-tim, porque batiam com dois ferrinhos, um no outro, para chamar a atenção da freguesia, e esse barulhinho era tim-tim.

Havia um tim-tim que vivia da revenda dos objetos que comprava. Ele tinha uma voz muito potente para chamar a freguesia, e era conhecido por todos. Ao vê-lo, as pessoas corriam para ver as novidades, comprar ou vender porcelanas, vasos e enfeites.

Muitos diziam que ele tinha ficado rico, mas não tinham provas disso, porque ele estava sempre vestido com a mesma roupa: uma *cabaia* cheia de remendos e um *tudum* velho e esburacado. *Cabaia* é um vestuário de mangas largas, comprido até os pés, aberto dos lados; *tudum* é um enorme chapéu de palha com forma de bico no alto.

Um belo dia, ofereceram a ele alguns pratos, xícaras, pires e outros itens de porcelana chinesa, alguns já meio rachados. Como era tarde, ele comprou tudo, dividindo o peso da mercadoria nos cestos que estavam na vara, e seguiu o caminho de volta para casa. Deixou para olhar melhor a compra no dia seguinte, com a luz do sol que ilumina e mostra tudo, até pequenos defeitos.

Dentro desses cacarecos, encontrou uma pequena tigela que

lhe agradou muito. Era uma tigela de boa louça e o artista tinha pintado nela um lindo dragão, como se fosse lançar fogo a qualquer momento. Esse animal mitológico chinês, uma mistura de cabeça de burro, corpo de peixe e bigodes de carpa, tem poderes de nadar nas profundezas do mar e voar na imensidão do céu. O tim-tim ficou muito encantado com a pintura do dragão, parecia de verdade. Como, porém, a tigela tinha pequenas rachaduras nas bordas e estava muito gasta internamente, ele pensou que talvez ninguém se interessasse em comprá-la, por isso ele a deixou reservada para seu próprio uso.

Algum tempo depois, ao acordar, começou a se preparar para ir às ruas fazer negócios e observou que o céu estava muito nublado. O vento arrancava galhos de árvores e pedaços de telhas. Começara um violento e inesperado tufão pela cidade. Como não podia sair, ficou em casa.

Na hora do almoço, sua mulher lhe pediu um pratinho para colocar o molho de soja. Ele buscou exatamente aquela tigelinha com a pintura do dragão. Ao pegar a tigela, viu que nos olhos do dragão havia duas pequenas pedras brilhantes. Ele ficou intrigado, pois não tinha reparado nessas pedras antes. Das pedras saíam raios de luz.

O dia inteiro foi de chuva e vento violentos. À noite, o tufão já tinha passado. O tim-tim reparou que as pedras que antes brilhavam nos olhos do dragão não brilhavam mais. Então, ele passou a observar a tigela e notou que todas as vezes em que o tempo mudava, anunciando chuvas e ventos, as pedras brilhavam, e somente brilhavam nessas ocasiões. O tim-tim descobriu que tinha um objeto mágico capaz de alertar sobre a vinda de tufões.

E foi assim que esse tim-tim viajou para Hong Kong, onde vendeu a tigela para uma loja de antiguidades por um bom preço. Recebeu muitas *patacas*. Mais tarde, ele ficou sabendo que a tigela mágica fora comprada por um inglês, capitão de um barco mercante. A tigela teve um grande destino: avisar o capitão do barco, com antecedência, da proximidade de fortes ventos e chuvas para a navegação.

GLOSSÁRIO

Pataca — Moeda nacional de Macau.

Dragão — Animal mitológico chinês representado como serpente com o corpo coberto de escamas, olhos de tigre, chifres de veado, orelhas de boi, juba de leão, garras afiadas e bigodes de carpa (peixe colorido, de origem chinesa). Animal com poderes mágicos, o dragão pode tanto nadar como voar. Também solta fogo pela boca. É representado com uma estrutura de bambu coberta de tecido ou papel colorido e utilizado em festividades, quando sai às ruas, sendo carregado por pessoas em seu interior.

Você sabia? — Em São Paulo, maior cidade do Brasil, há um bairro tradicional asiático chamado Liberdade. Todos os anos, no mês de fevereiro, acontece uma grande festa popular em comemoração ao Ano Novo Chinês. O bairro todo fica enfeitado com lanternas coloridas e há a dança do lendário dragão, enorme estrutura colorida com mais de oito metros de comprimento.

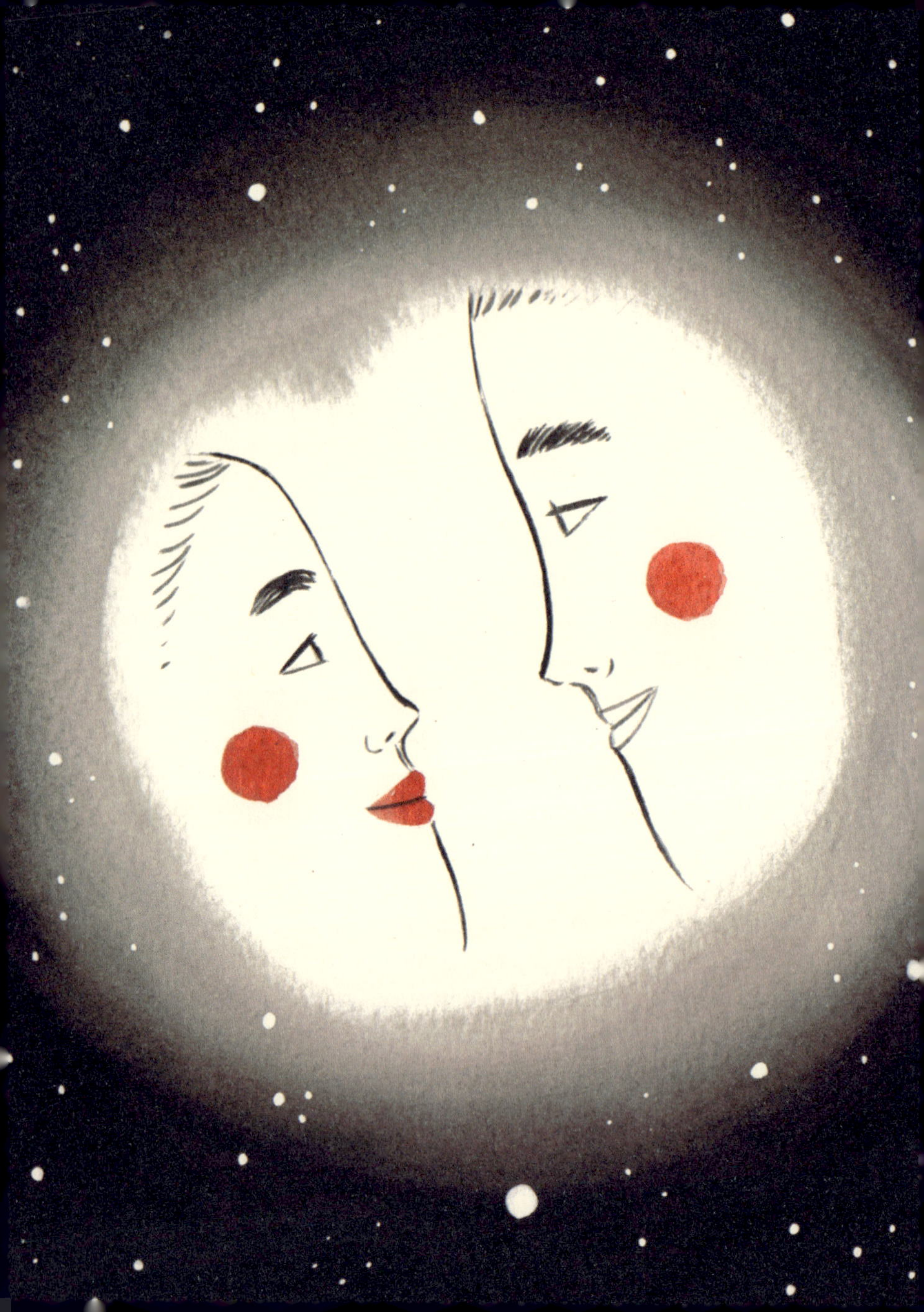

O SOL E A LUA

Há muitos e muitos anos, durante a dinastia Han, existiu um casal que era dono de um castelo. Hoje, a esposa vive na Lua, e o marido, famoso e invencível arqueiro, vive no Sol. Mas como eles foram parar lá?

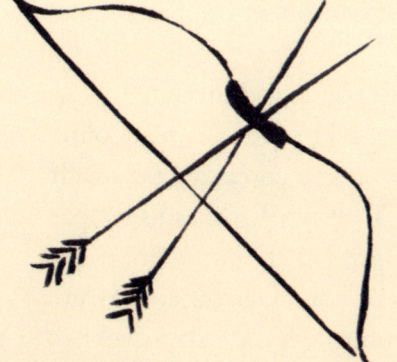

Muito antes de eles dois irem para o céu, aconteceu um fato muito curioso. Certa vez surgiram dez sóis. Não era um, não eram dois, nem eram três, mas dez! Dez sóis escaldantes torrando a Terra. Se apenas um sol pode causar grandes impactos, dez sóis brilhando ao mesmo tempo com seus raios podem causar seca e fome no planeta. Pois foi o que aconteceu. Os sóis fizeram uma grande destruição, atingindo impiedosamente as águas, os rios, as plantações, secando tudo. O Imperador ficou desesperado ante a miséria do seu povo. Não havia mais o que comer, nem o que beber.

Então, ele mandou chamar o invencível arqueiro. Ele manejava como ninguém o arco e a flecha. Era admirado por esse talento. Já tinha lutado bravamente contra inundações, desferindo suas setas para o céu e fazendo parar as chuvas. O Imperador pensou: "Se ele conseguiu acabar com chuvas e inundações com sua flecha mágica, também conseguirá acabar com esses dez sóis que estão aquecendo tanto a Terra."

Foi assim que o arqueiro se apresentou ao Imperador, que lhe disse:

— Destrua esses sóis, antes que eles nos destruam!

Imediatamente, o arqueiro se posicionou em uma colina que havia nas imediações, ajoelhou-se e começou a disparar suas flechas em direção aos sóis. Ao atingi-los, os sóis se apagavam como quando apagamos uma luz. E assim, um a um, o arqueiro foi destruindo todos os sóis. Deixou apenas um sol, que é justamente o que nós conhecemos e sem o qual não haveria vida no planeta.

Houve muita festa entre o povo, com músicas e danças, em agradecimento ao arqueiro e ao Imperador que salvaram a todos.

A fama do arqueiro se espalhou por todas as regiões, e a Imperatriz do Poente e o Imperador do Nascente, responsáveis pelo equilíbrio na Terra, presentearam-no com uma linda estatueta de jade e com a pílula da imortalidade. Se a tomasse, ele viveria para sempre.

Porém, o arqueiro viajou e deixou a pílula guardada em casa. Sua esposa, por pura curiosidade, a engoliu. O efeito da pílula foi fazê-la flutuar, flutuar e sair pela janela. Acabou indo parar na Lua, onde vive até hoje. Quando o arqueiro voltou, descobriu o ocorrido. Decidiu construir um palácio no Sol para não ficar longe da esposa.

Eles se encontram todos os anos no décimo quinto dia da oitava lua do calendário lunar chinês. Esse período corresponde a meados de setembro e início de outubro. Trata-se do dia da Lua Cheia. É o dia em que a Lua está mais brilhante no ano. Por isso ela é festejada e a festa em sua homenagem se chama Festa da Lua.

Nesse dia, come-se o bolo lunar, feito de farinha, ovos, açúcar e uma mistura de cascas de tangerina e sementes de abóboras, amêndoas, pinhões e pasta de semente de lótus. Por isso, a festa é conhecida também como Festa do Bolo Lunar. As famílias saem à noite com lanternas de papel, em geral vermelhas, e as depositam nas praças, nos jardins ou nas praias. Muitas vezes, elas ficam flutuando na água, com uma velinha acesa dentro. Por isso a festa também é conhecida como Festa das Lanternas. As crianças são homenageadas com muitas guloseimas e transportam lanternas em forma de peixes, borboletas e dragões.

A Festa da Lua marca o encontro do arqueiro, que vive no Sol, com sua esposa, que vive na Lua.

GLOSSÁRIO

Jade — Pedra dura e brilhante, muito importante na cultura chinesa. Sua cor varia do verde azulado ao branco ou do verde azulado ao verde escuro. É utilizada em esculturas, artefatos de decoração, objetos de arte, mobiliário e joias.

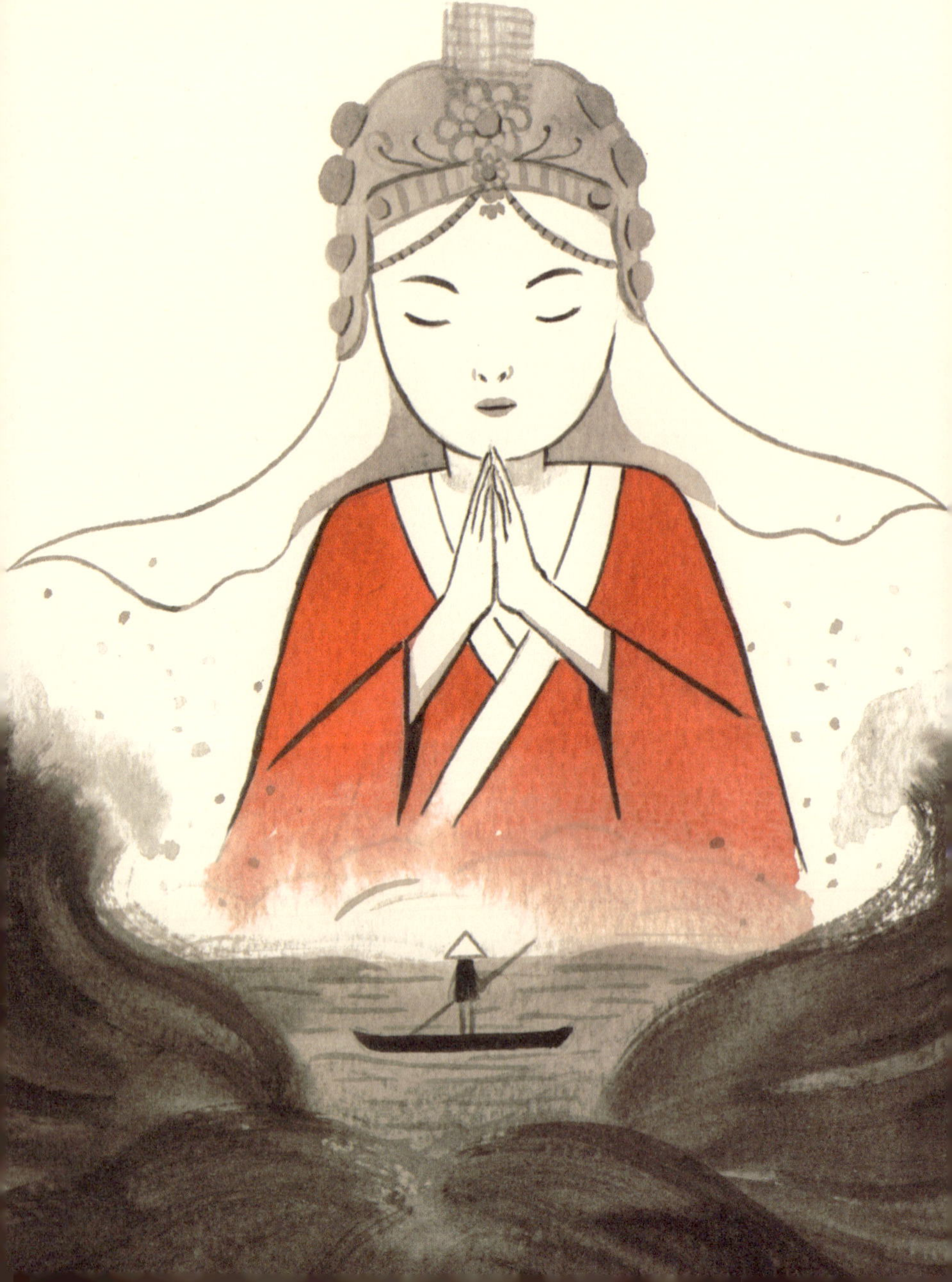

A DEUSA A-MÁ

Esta história aconteceu há muitos anos. Naquele tempo tão distante, tudo no mundo era muito diferente do que é hoje. Havia uma moça que era de Fujian, uma região na China bem próxima de Macau e Hong Kong. Ela resolveu embarcar na foz do Rio das Pérolas como passageira em um junco, barco tradicional chinês, criado há mais de dois mil anos. Era um tipo de barco muito especial: suas velas eram rígidas, feitas de bambu, e não só de panos, como os barcos de outras partes do mundo.

No momento em que a jovem chegou à foz do Rio das Pérolas, muitos barcos estavam prontos para partir. Ela pretendia visitar alguns parentes na antiga Cantão. Era uma região importante, ao lado do mar. Por ali, a seda chinesa, o tecido mais apreciado da época, era transportada em barcos para ser vendida em outros países.

A jovem não tinha dinheiro para pagar a passagem, então ela começou a ir de barco em barco pedindo carona, e em troca ela prometia dar ao dono do barco aquilo que mais sabia fazer: preces, orações, rezas. Mas ninguém estava muito interessado nessa troca. Todos queriam dinheiro. Depois de um tempo, um barqueiro se comoveu com o pedido da moça e aceitou transportá-la ao seu destino em troca das preces dela. Ela viajou, então, em um barco muito simples, a remo, sem velas.

No meio da viagem, armou-se um grande temporal. O céu ficou escuro, como se fosse noite, e a ventania soprou com muita força, parecia um tufão. A chuva começou a cair em grandes bagos d'água. O mar ficou revolto, e o vento era tanto, e a chuva tão forte, que naquele dia todos os barcos naufragaram. Menos o barco em que viajava a jovem. Ela fez preces durante todo o temporal.

A proa subiu e desceu vertiginosamente nas ondas, mas o barco se manteve firme. Quando a chuva acalmou, o barqueiro, exausto, aportou em terra firme. Assim que desceram, a jovem andou em direção a uma colina e, diante dos olhos surpresos do barqueiro, começou a subir, subir, e desapareceu nas nuvens.

O barqueiro nem teve tempo de lhe agradecer pelas preces. Os pescadores que estavam em terra e souberam da história, entenderam que a mulher era uma deusa. Então, eles construíram um pequeno altar na praia, em sua memória, e depois um templo dedicado a ela. Chamaram-na de Deusa A-Má, também conhecida como Deusa Soberana. Aos poucos, pequenas casas foram construídas ao redor, formando uma vila. Na entrada do templo sempre havia um adivinho para ler a sorte com varetas.

Quando os portugueses chegaram à China e perguntaram como se chamava aquele lugar, o povo de lá respondeu: A-Má-Gau, que significa porto de A-Má, a deusa protetora dos marítimos, todos aqueles que navegam no mar. Com o tempo, os portugueses simplificaram o nome do lugar. Diziam: Macau. Este é o nome que se manteve até os dias de hoje.

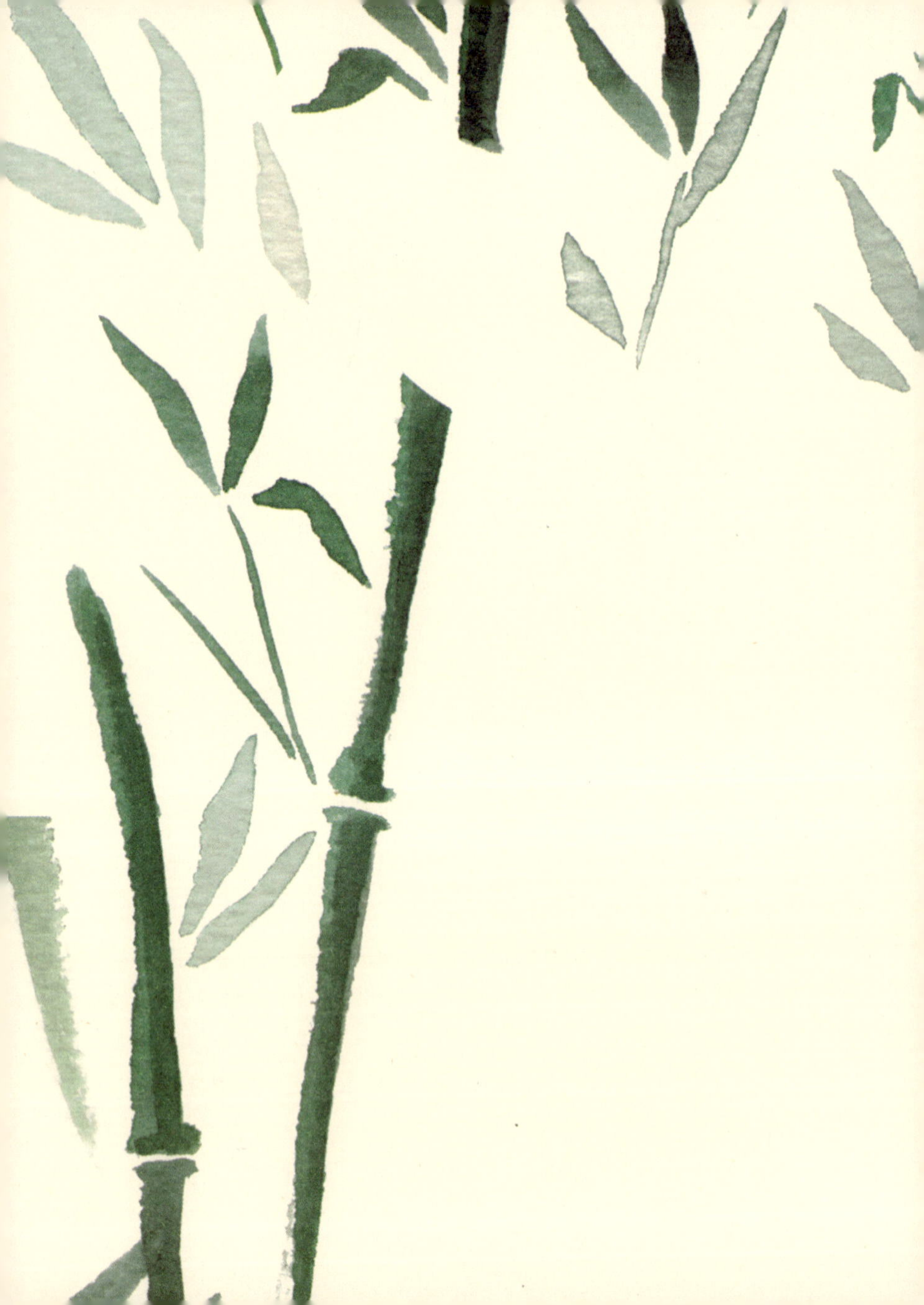

TIMOR-LESTE

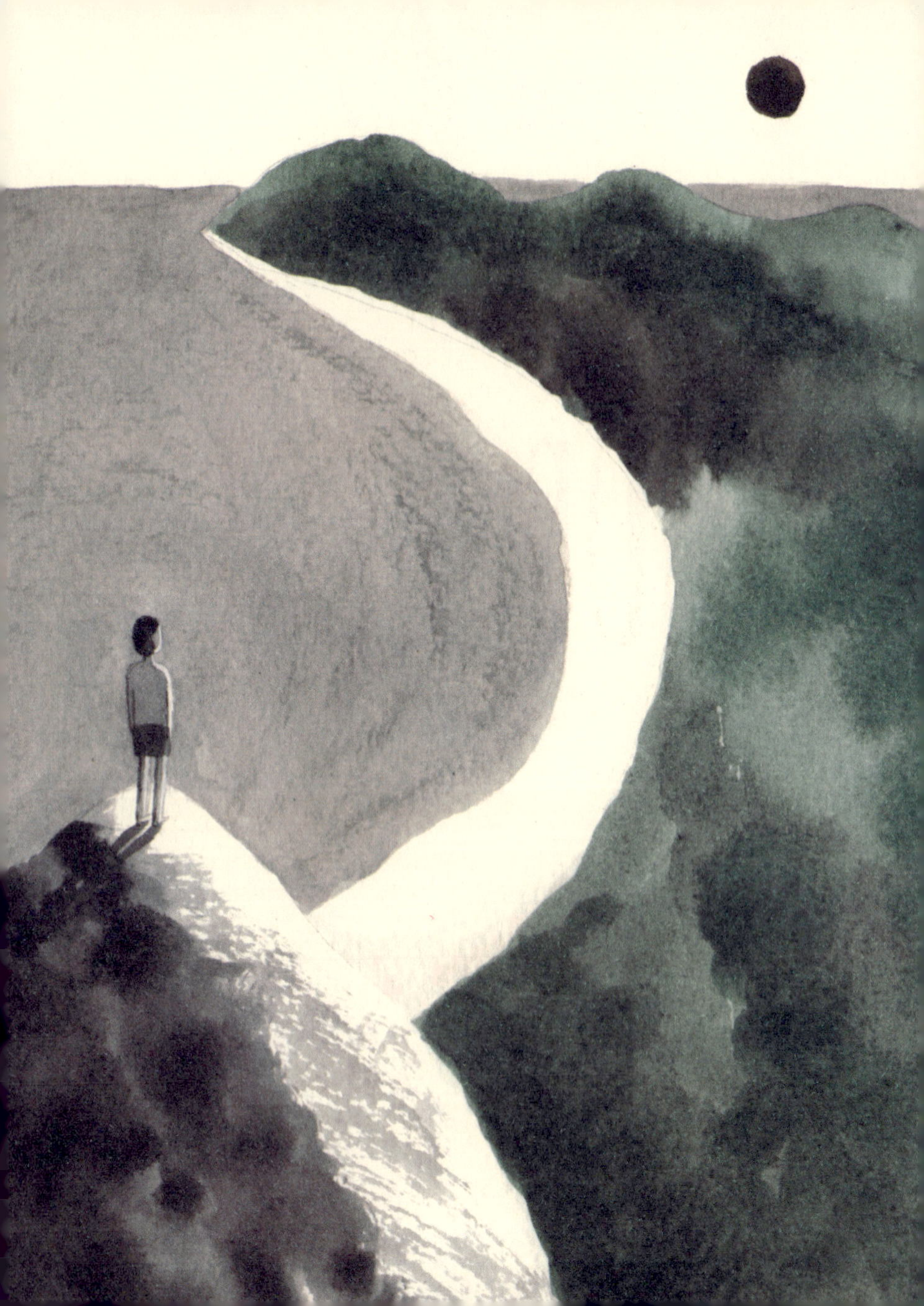

O MENINO E O CROCODILO

Um menino estava caminhando em uma rua de terra, estreita e com muitas curvas. Ele andava calmamente, mordiscando as folhas à beira da estrada, arrancando um ou outro galhinho.

Cantarolava uma antiga canção de ninar. Essa canção falava de um passarinho que cantava no topo de uma árvore, chamando as crianças para irem à escola, aprenderem a escrever, a ler e a escutar lindas histórias sobre o povo do lugar. Cada mãe ou vovozinha que cantava a canção acrescentava novos versos: aprender a estudar, ter boa educação, ser uma pessoa amável, respeitar a professora. O menino cantava acrescentando seus versos e sua vontade: aprender a nadar, a pescar, a plantar.

O menino caminhava tranquilo e distraído, cantarolando e, de repente, em uma curva, esbarrou com um crocodilo. Levou um susto, quase caiu de costas. O crocodilo, visivelmente apreensivo, disse-lhe com a voz mansa:

— Não se assuste, não vou te fazer nenhum mal. Estou precisando de ajuda.

— Ah, sim? De quê você está precisando? De uma boa carninha? Sei, sei — e deu de ombros.

O crocodilo insistiu:

— Que é isso? Não quero comê-lo, quero apenas que me ajude a voltar para o rio.

— Vai me dizer que não sabe o caminho? — inquiriu o menino.

— Olhe, eu saí do rio e fui andando, andando, e acabei me perdendo. Não sei mais voltar. Para sobreviver preciso entrar na água. O sol está muito forte e eu estou muito cansado. Preciso da sua ajuda.

— Ah, sei, sei. Agora quer me enganar para eu me distrair e depois você: nhoc! Arranca-me um pedaço. E me engole: glump, glump! Não caio nessa, não.

— É sério, por favor, não quero te comer. Quero é me salvar, preciso entrar na água com urgência. Por favor.

— Tem certeza que, ao chegar no rio, você não vai me atacar?

— Certeza. Não vou aguentar tanto tempo fora da água... Me ajude.

— Hum... está bem. Você parece que está passando mal. Vou levá-lo nas minhas costas já que você não consegue nem andar. Suba aí.

O crocodilo subiu nas costas do rapazinho com muito cuidado, ficou com a metade do corpo sobre as costas dele, e o resto do corpo arrastando pelo chão. E assim eles foram em direção ao rio. O menino fazia um grande esforço para conseguir carregar o crocodilo.

Durante a caminhada, pararam algumas vezes para o menino descansar. Por fim, de passo em passo, chegaram ao rio. O menino virou-se de costas para o rio para que o crocodilo, exausto, descesse na água. E assim foi: tchibum! O crocodilo mergulhou, nadou um pouco, e foi se recuperando, ficando bem, e muito alegre, já refeito. Em troca pelo favor e pela confiança, convidou o menino para dar um passeio no mar nas suas costas sempre que quisesse, era só chamar por ele. O menino agradeceu e voltou para casa.

Dias depois, curioso para conhecer o mar, o menino chegou à beira do rio e chamou o crocodilo como se costuma chamar as pessoas mais velhas:

— Avô, avô!

O crocodilo surgiu.

— Já sei. Você quer passear no mar.

O menino fez que sim com a cabeça. O crocodilo saiu do rio e pediu para o menino montar nele. Ele então se acomodou nas costas do amigo, abraçando-o, e lá se foram os dois, nadando na correnteza leve do rio em direção ao mar. Batia um vento calmo e fresco no menino, arrepiando seus cabelos pretos.

O menino nunca tinha visto o mar. E qual não foi a sua felicidade ao saber que o rio andava em direção ao mar, onde se misturava para sempre.

O menino voltou outras vezes. Esses passeios ocorriam sempre que ele ia ao rio e chamava pelo crocodilo: Avô, avô! Ambos então saíam para o mar, o menino sentado nas costas do crocodilo e ele ia nadando muito contente.

Um dia, porém, o crocodilo começou a ter umas ideias de querer comer o menino. Mas, ao mesmo tempo, ficava na dúvida se isso era certo ou errado. Sozinho no mar, resolveu consultar a baleia sobre essa sua vontade. Ela lhe respondeu:

— Não acredito que você queira comer um amigo. Ele te salvou e você quer fazer isso? Que ideia de crocodilo!

A vontade de comer o menino continuava. Então o crocodilo contou sobre isso para o macaco que estava pendurado numa árvore à beira do rio, perguntando-lhe se ele deveria ou não comer o menino. O macaco ficou furioso:

— O quê? Seu ingrato! Onde já se viu pensar em um absurdo desse? Ele te salvou, e em troca você vai fazer isso? Nem pensar.

O crocodilo concluiu que seus amigos animais tinham razão. A partir de então, nunca mais pensou no assunto.

Os passeios com o menino no mar continuaram por muito tempo ainda.

Até que um dia, o crocodilo sentiu-se muito cansado, porque ele já estava muito velhinho. Então, se despediu do menino, disse que chegara o seu tempo e que ele ia se transformar. Ao dizer isso, foi se transformando, se esticando, crescendo em algumas partes do corpo, alongando em outras, formando elevações, um conjunto de montanhas, e por fim, tomou a forma de uma ilha, onde o menino, seu primeiro habitante, passou a viver.

Foi assim que surgiu a ilha do Timor, que tem a forma de um grande crocodilo, pode conferir no mapa. É igualzinha, tem até aquela bocarra. O Timor-Leste, que ocupa a parte oriental da ilha, é chamado de Timor-Lorosa'e, na língua de lá, o tétum. O povo do país é chamado maubere.

As ondulações no corpo do crocodilo, enquanto ele se transformava na ilha do Timor, formaram uma cadeia montanhosa chamada Ramelau, cujo pico mais alto é o Tatamailau, no Timor-Leste.

A esse rapaz, que foi o primeiro habitante da ilha, chamaram-lhe Timur, que quer dizer "Oriente", em malaio, mas que os portugueses passaram a chamar de Timor.

GLOSSÁRIO

Avô — No Timor-Leste, as palavras avó ou avô significam velha, velho ou qualquer pessoa idosa, tenha ou não laços de família. O crocodilo é chamado de *beyna'y*, que quer dizer avô, em respeito à lenda de que foi ele que deu origem à ilha do Timor.

Maubere — Pessoa nascida no Timor-Leste, timorense, povo do Timor-Leste.

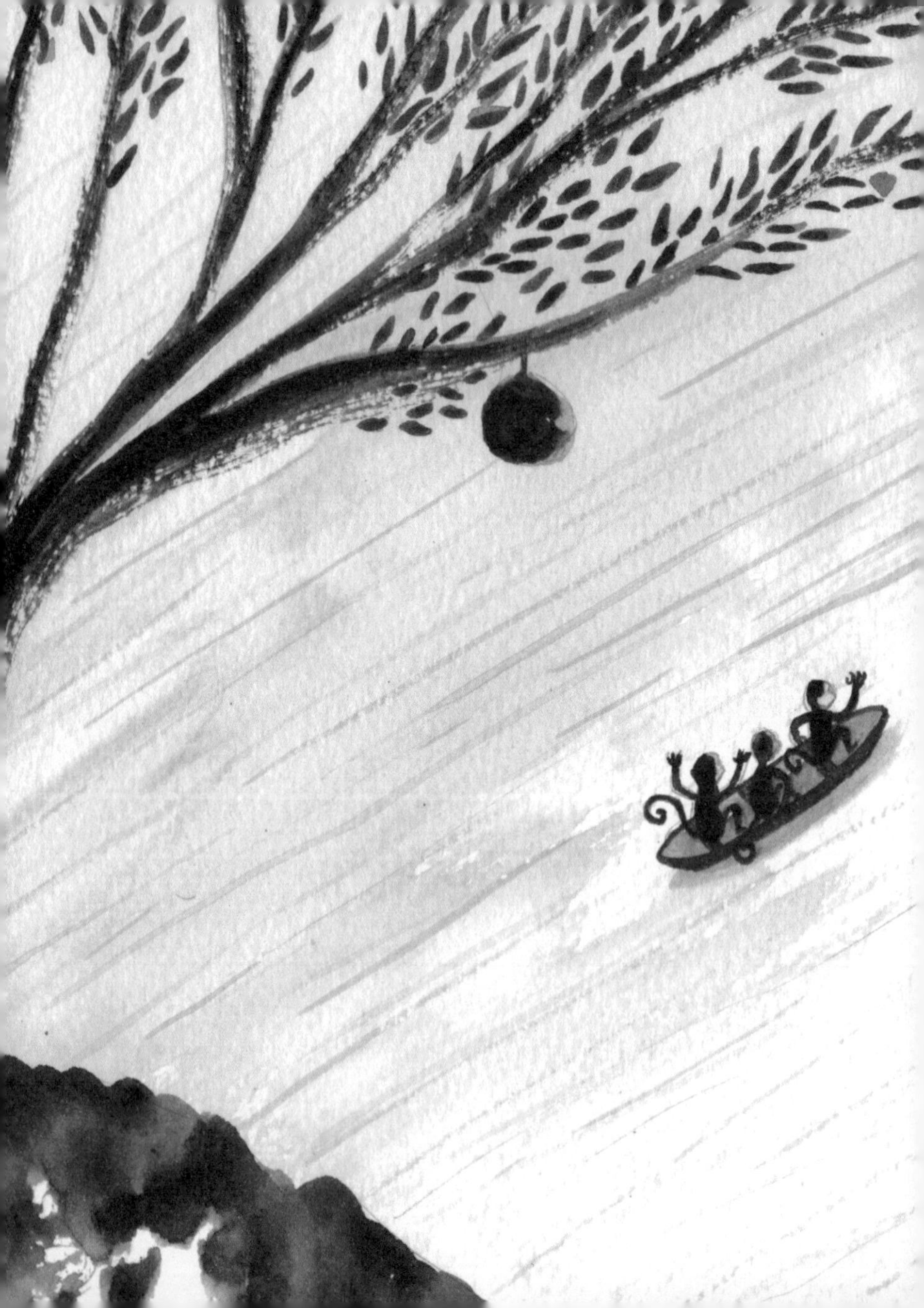

O MARIMBONDO E OS MACACOS

O marimbondo é um inseto trabalhador. Ele constrói sua casinha de barro com muita delicadeza e precisão. Em busca do barro, ele voa longas distâncias. Quando o encontra, remove o barro aos pouquinhos e em forma de bolinha, e o deposita no lugar escolhido para fazer sua casinha. Geralmente esse lugar é uma árvore ou construções mais próximas da mata e outros espaços da natureza. É um verdadeiro trabalho de engenharia o que o marimbondo realiza. Chama muita atenção a perfeição de sua casinha, que não cai, não desmorona, fica firme no lugar. Ele é um inseto-
-construtor.

Certa vez estava um marimbondo em plena atividade de construção de sua casinha no galho de uma árvore. É curioso que quase não se percebe quando ele vai procurar o barro, ou quando chega com ele. O fato é que lá está ele, trabalhando: apoiando o barro, socando, amassando, alisando, dando forma à sua casa.

Mas esse marimbondo estava muito chateado, pois seu imenso trabalho não era valorizado. A cada viagem para buscar mais barro, voltava e encontrava a casinha meio quebrada. Ele ficou muito intrigado: "Quem pode estar destruindo minha casa?"

Então, ele resolveu observar de longe para ver se descobria algo. Não conseguiu saber de imediato, mas suspeitou dos macacos que viviam em bandos na mesma árvore.

Para ter certeza de que eram eles, aproximou-se veloz de um deles, zunindo de maneira estridente em sua orelha: bzzz, bzzz! O macaco levou um susto:

— O que é isso? Você quer me picar? Eu não fiz nada...

O marimbondo logo percebeu que o macaco estava mentindo. E colocou em prática seu plano de desforra. Respondeu:

— Eu não quero machucar ninguém. Eu vim convidar vocês para uma volta no mar que está tão calmo, tão azul... Respirar a brisa marítima é muito bom para a saúde.

Ante o convite, dava para perceber a expressão de alívio do macaco:

— Uf! Escapei por pouco.

No entanto, o macaco não pôde aceitar de imediato o convite do marimbondo:

— Oh, que pena. Não podemos ir, não sabemos voar como você.

E o marimbondo, malicioso, disse:
— Faço questão que vocês façam uma viagem linda pelo mar. Tenho uma solução: vamos todos de barco!

O macaco ficou muito satisfeito e disse:
— Pelo visto, vai ser muito interessante a nossa viagem! Quando embarcaremos?

O marimbondo respondeu vitorioso:
— Assim que o barco ficar pronto eu venho avisá-los.

E voou para construir o barco. Mal sabiam os macacos que o barco era de barro. O marimbondo ficou dias ocupado, porque teve de buscar barro em várias viagens. Primeiro, ele começou pelo casco, depois foi fazendo as laterais do barco. Na frente colocou um mastro, também feito de barro. Que trabalho! Mas ele estava satisfeito, tinha muita técnica e talento.

Depois de alguns dias o barco ficou pronto, e o marimbondo foi chamar os macacos para a viagem. Eles ficaram muito alegres com o convite:
— Oba! Oba!

E todos se lançaram ao mar no barco de barro construído pelo marimbondo. Ele ia voando na frente e, como um comandante, cantava para os macacos do alto do mastro:

Upa, upa, remem forte!
Mais forte!

E os macacos, alegres, cantavam em coro:

Upa, upa, remamos forte!
Muito forte!

Quanto mais rápido o marimbondo cantava, mais rápido os macacos remavam e faziam coro, sem perceberem que o barco, por ser de barro, se desmanchava na água.

Upa, upa, remem forte!
Mais forte!

Quando eles se deram conta do perigo, estavam prestes a naufragar e se afogar no mar. O marimbondo voou para longe. Mas os macacos tiveram uma grande sorte: um pescador, percebendo a situação, jogou uma rede e os pegou, deixando-os à beira-mar.

Que susto eles levaram! Nunca mais os macacos se meterem com os marimbondos. Até hoje, quando estão reunidos, contam entre eles esse caso. Guincham e pulam com vontade de pegar o marimbondo. Mas cadê a coragem? A picada de marimbondo dói muito — e os macacos sabem disso.

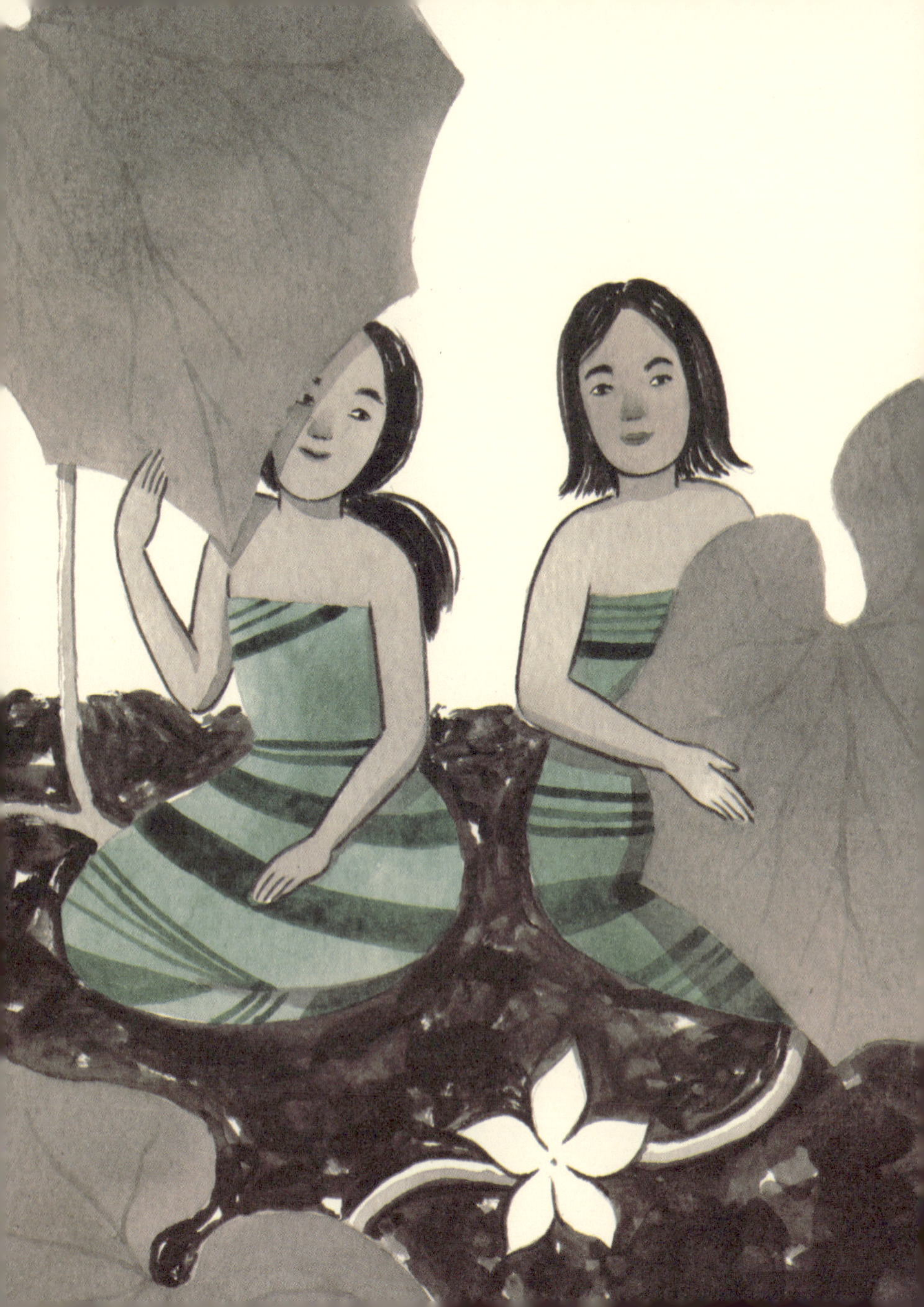

OS DOIS PEPINOS

Uma família vivia na aldeia Borugai, no Timor-Leste. Um dia, o pai e a mãe morreram, deixando para seus dois filhos a fortuna que possuíam: búfalos, cavalos, ovelhas, arroz, milho e feijão. Os meninos ainda eram crianças, e não havia parentes próximos para cuidarem deles. Assim, os dois cuidavam dos animais e de si próprios.

Todos os dias, saíam cedo para levar os animais para pastar. À tarde, os recolhiam aos currais e voltavam para casa. Como eram pequenos, não conseguiram cuidar da horta deixada pelos pais e o terreno ficou coberto de capim.

O tempo foi passando e a comida acabou. Eles passaram a se alimentar do leite dos animais, especialmente da búfala e da ovelha, e a comer uma ou outra fruta que viam em alguma árvore do caminho. Os meninos começaram a enfrentar muitas dificuldades.

Em um belo dia, enquanto levavam os búfalos para pastar, o irmão mais velho deparou-se com duas sementes de pepino que estavam em cima de uma pedra. Ele as levou para casa e as colocou perto da janela.

No dia seguinte, para surpresa dos irmãos, as sementes brotaram e delas nasceu uma planta. Eles cuidaram com carinho dela: regavam-na, deixavam que ela tomasse sol. Dali a uns dias, ela deu flor e em seguida nasceram dois pepinos. O irmão menor estava com muita vontade de comer os pepinos, mas o mais velho alertou:

— Vamos esperar que a rama seque, assim os pepinos crescem mais um pouco.

— Está bem, irmão. Vamos esperar. Estou louco para comer esses pepinos, frescos e saborosos, matam a sede.

Depois de combinarem que deixariam os pepinos crescerem, retomaram sua rotina diária. Saíram ambos para levar os animais ao pasto. Quando voltaram no fim da tarde, para a surpresa deles, havia comida pronta nas panelas. Até a mesa estava posta para eles. Ficaram espantados. Viviam sós, quem haveria de ter cozinhado? Sentaram-se, comeram, gostaram muito, e depois foram dormir.

No dia seguinte, tiveram a mesma rotina: levantaram-se e foram levar os animais para o pasto. E novamente uma surpresa ao regressarem tristes para casa, sem ter quem cuidasse deles: se depararam com a mesa posta e com comida boa e cheirosa pronta nas panelas.

Eles não conseguiam entender o caso. O mais novo acreditava que eram os pais que enviavam anjos do Céu para cuidarem deles.

Como o fato se repetia todos os dias, o mais velho tomou a decisão de ficar em casa para esclarecer o mistério. E assim o fez. Enquanto o menor pastoreava os animais, ele ficou escondido em um canto perto da cozinha. De repente, ouviu um barulhinho. Ficou quietinho, prestando atenção. Os pepinos começaram a se mexer e se transformaram em duas lindas moças que se puseram a preparar a comida. Quando a refeição estava pronta, o menino saiu detrás do saco e perguntou:

— Quem são vocês?

Como elas não responderam, ele insistiu:

— De onde vocês vieram?

As duas moças ficaram em silêncio, sem saber o que dizer. E o menino, fingindo que não sabia de nada, perguntou:

— Quem pegou os dois pepinos que estavam aqui?

O irmão mais novo, que já tinha levado os búfalos para o curral, chegou mais cedo e se deparou com a situação. Ele falou para o irmão:

— Pergunta se elas não querem ficar conosco para cuidarem da casa e nós cuidarmos dos animais.

Ao ouvirem essa proposta, as duas disseram que sim. Desse modo, transformaram-se em uma família muito laboriosa, dividindo as tarefas. Os meninos continuaram cuidando dos animais que eram muitos, búfalos, cavalos e ovelhas. E elas cuidando da casa. Pouco a pouco, todos foram retomando a horta e passaram a produzir milho, café, feijão, batata doce, inhame, arroz, cana-de-açúcar e hortaliças. Fizeram um bom pomar que os abastecia de frutos: mangas, jacas, goiabas, tamarindos, bananas, laranjas e jambos, uma fruta rosa, docinha e perfumada.

O tempo foi passando e as duas jovens se casaram com os dois irmãos e se estabeleceram com muita prosperidade no lugar. Até hoje, os descendentes dessa família são chamados filhos de pepino. Dizem que eles não podem comer pepinos, nem mesmo outros frutos da mesma família, como melão e melancia. Caso contrário, poderiam morrer, pois estariam comendo sua própria origem.

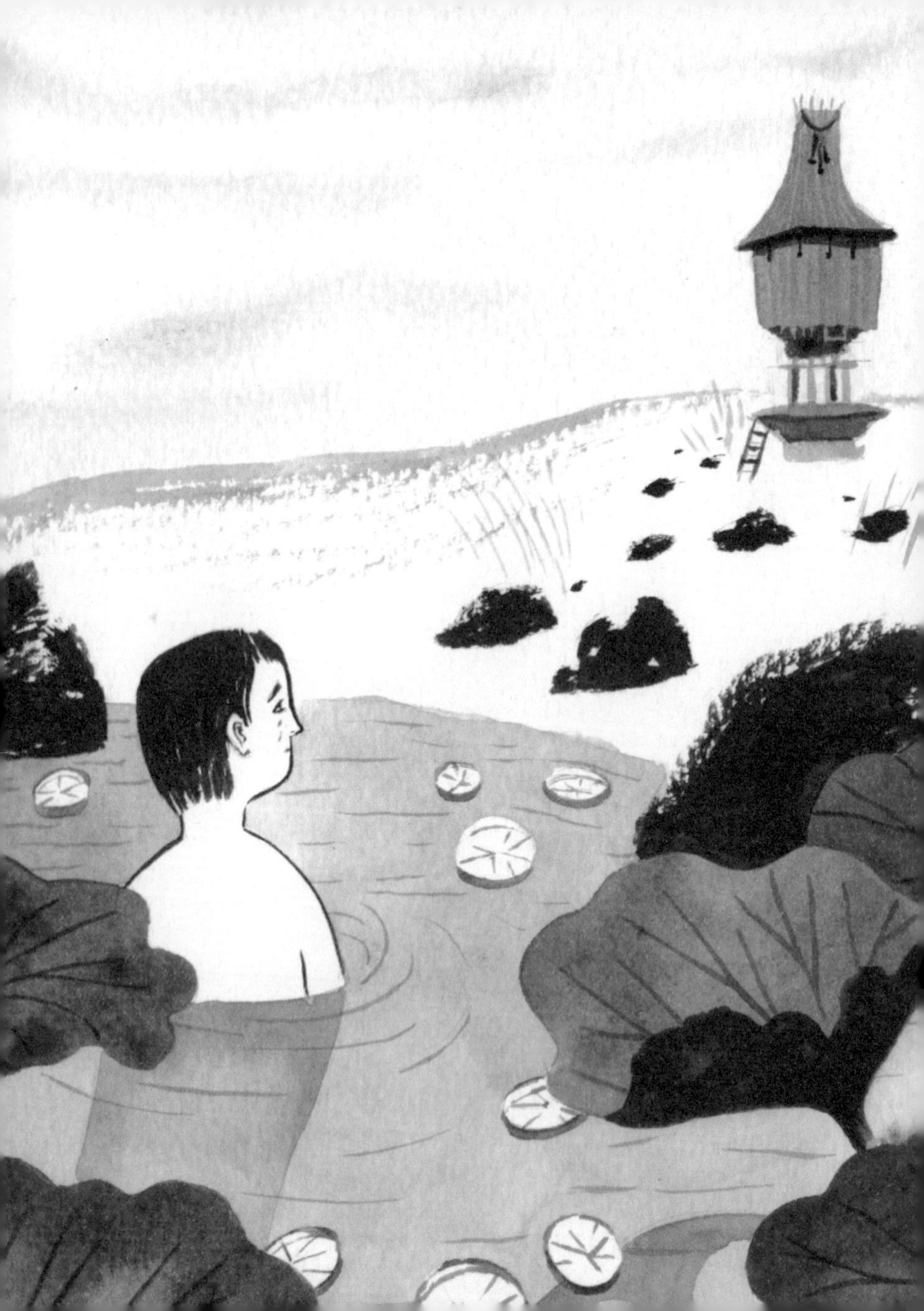

O MENINO, A VELHINHA E A JIBOIA

Em uma aldeia distante, uma velhinha vivia sozinha em sua casa. Ela não tinha parentes que a pudessem ajudar e nem sempre tinha o que comer. Plantava inhames e, quando vingavam, ela os comia; senão, de vez em quando, contava com a ajuda de alguns vizinhos. Eles também passavam necessidades, mas dividiam o pouco que tinham. Ela estava bem idosa, nem conseguia mais trabalhar, e se sentia muito cansada e sozinha no mundo.

Em uma tarde de muito calor, apareceu na aldeia um menino que, como a velhinha, não tinha parentes nem conhecidos a quem pedir ajuda. Era sozinho. Ele ficou sentado à sombra de um *gondoeiro* na beira do caminho. Risonho e distraído, ele cantarolava canções que falavam do céu e da terra, do mar, dos rios e das fontes. E também dos búfalos, dos cavalos, dos carneiros. E das chuvas. E do vento.

A velhinha, passando por ali para ir buscar água na ribeira, notou o menino e sentiu carinho por ele. Ficou parada, olhando-o e ouvindo-o cantarolar. Ela tinha uma expressão de bondade, e isso cativou o menino, que lhe disse:

— Avó, eu não tenho casa, não tenho pais, não tenho ninguém. Posso ficar com a senhora?

A velhinha ficou muito comovida com o pedido, e mesmo tendo tão pouco para ela, concordou em acolher o menino:

— Está bem, você pode ficar comigo, vou ser sua mãe.

Só que os inhames eram poucos na casa da senhora, e ela dividia com o menino. Ambos ficavam com fome. Certo dia, o menino disse:

— Vamos até a ribeira buscar água?

Quando chegaram, o menino pediu licença para a velhinha para primeiro tomar um banho. Deu um mergulho. Emergindo das águas, foi logo dizendo:

— Não tenha medo, eu sou o seu filho!

Para surpresa da velhinha, diante dela estava uma jiboia falando. Ela entendeu que o menino se transformara em uma cobra.

A jiboia voltou a se banhar na água, indo e vindo, serpenteando e se refrescando. Quando saiu da ribeira, seu corpo já não era de jiboia, voltara a ter a forma do menino. Ele disse para a senhora:

— Olhe, avó, me desculpe por ter ido logo tomar banho sem pensar em primeiro ir buscar a água!

A senhora respondeu que não havia problema, que ele ficasse tranquilo. Como ela também levava o seu *baliku*, que é um cantil feito de bambu, ambos os encheram de água corrente e caminharam de volta para casa.

Ao chegarem, guardaram os *balikus* e ficaram sentados na porta da casa, descansando. Não tinham o que comer. O menino disse para a senhora:

— Avó, vou buscar comida. Por favor, entre e me espere lá dentro de casa. Não saia.

Dito isso, a velhinha entrou na casa, e ele, do lado de fora, levantou as mãos para o ar e disse:

— Por favor, ajude-nos. Não temos o que comer.

De repente, surgiu diante dele *Uma-Lulik*, que é uma casa sagrada timorense, e o seu interior estava cheio de comida de várias espécies: arroz, carne de cabrito, *kombili*, enguia, hortaliças, milho, batata doce, *pente de bananas*. Então, ele chamou a velhinha:

— Pronto, avó, aqui temos tudo de que precisamos.

Os dois então pegaram o que quiseram, levaram para a casa deles, e cozinharam juntos. Prepararam as carnes, verduras e um delicioso arroz cozido no bambu. Deixaram o que sobrou nas panelas para o dia seguinte. Depois de bem alimentados, foram descansar. Quando acordaram, a *Lulik* não estava mais lá.

Todos os dias acontecia o mesmo. Ele levantava as mãos, pedia ajuda e surgia *Uma-Lulik* com mantimentos no seu interior. Os dois escolhiam os alimentos, levavam para a casa deles, cozinhavam juntos, alimentavam-se e iam descansar. Quando acordavam, a *Lulik* não estava mais lá.

O tempo foi passando, passando. Até que um dia, a velhinha disse para ele:

— Meu filho, eu estou ficando cansada. Já vivi muito. Qualquer dia desses eu posso morrer e não gostaria de te deixar sozinho. Você já é um rapazinho, está na hora de procurar uma noiva para se casar.

Ele respondeu:

— Avó, não se preocupe comigo, eu não quero me casar. Quando a senhora não estiver mais aqui comigo, eu vou embora para a ribeira.

Um dia a velhinha morreu, e desde então ninguém na aldeia teve mais notícias do rapazinho. Alguns disseram que o viram mergulhar na ribeira e de lá não sair mais. Até hoje, quando alguém encontra uma jiboia nas águas da ribeira, logo pensa que é o rapazinho que voltou à sua forma original de cobra, depois de ter ajudado a velhinha.

GLOSSÁRIO

Avó — No Timor-Leste, as palavras avó ou avô significam qualquer pessoa idosa, seja ou não avó ou avô por laços de família.

Baliku — Cantil comprido feito de bambu. O bambu de maior espessura, cortado próximo aos nós, era utilizado pelos timorenses como cantil para carregar água.

Uma-Lulik — Na língua tétum, é uma casa sagrada na aldeia para honrar os antepassados.

Gondoeiro — Árvore muito comum no Timor-Leste, da espécie *Ficus Benjamina*, também conhecida como gondão ou gundieiro.

Kombili — Tubérculo comestível.

Pente de bananas — É a designação, em Timor-Leste, da penca de bananas, pois sua forma lembra um pente em que cada banana seria como um dente do pente. Um cacho de banana reúne muitos pentes.

Ribeira — Rio ou pequeno curso d'água.

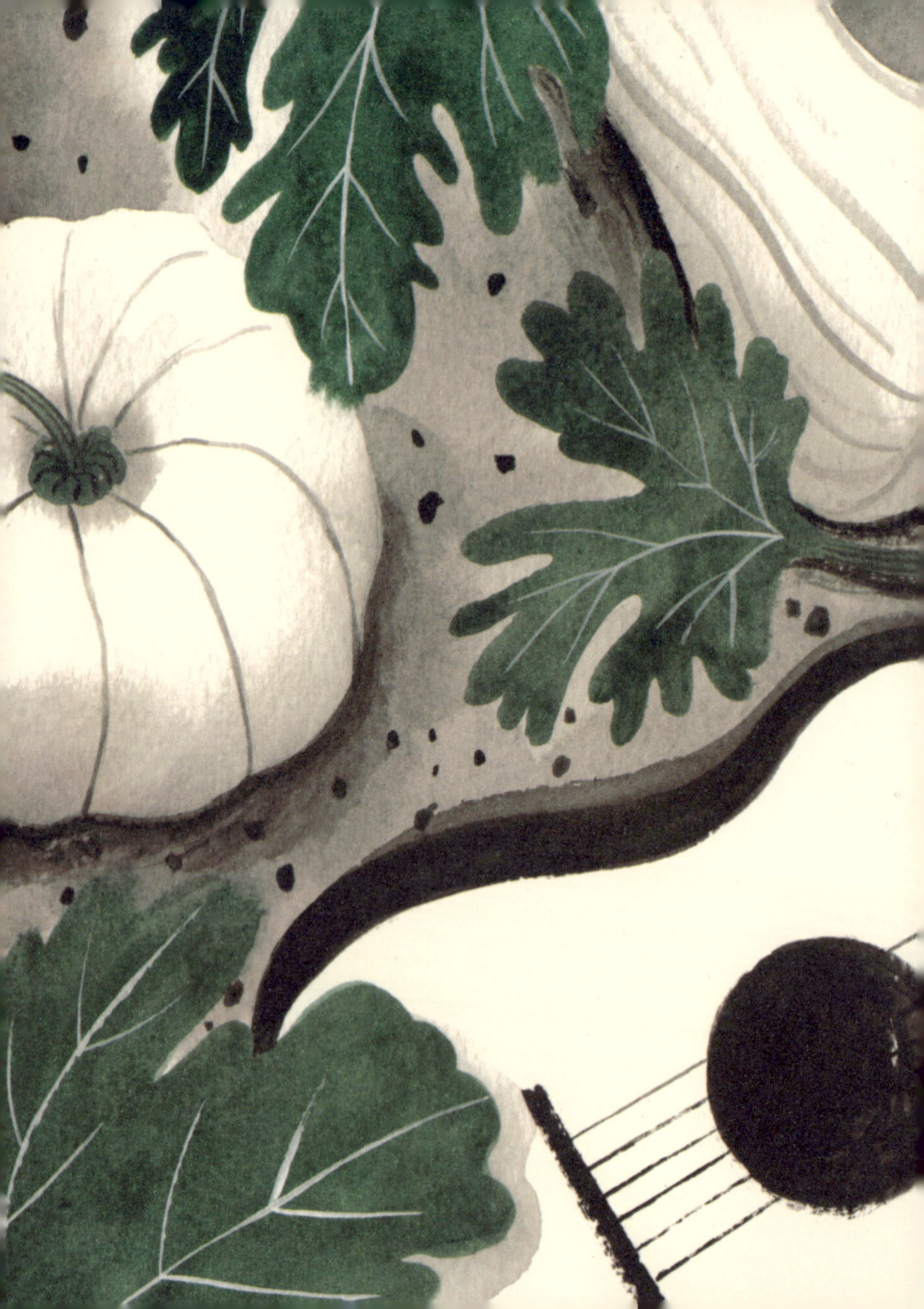

AS ABÓBORAS

Era uma vez um velhinho muito trabalhador. Ele era sozinho, não tinha parentes, por isso vivia isolado. Mas era muito feliz, trabalhava em sua horta, voltava sempre contente para casa, preparava sua própria comida, cuidava de suas coisas e afazeres. Tinha vizinhos amáveis que poderiam ajudá-lo caso necessitasse de algo. Ter vizinhos é muito bom, dizem que são eles os nossos parentes mais próximos. Isso porque em qualquer emergência, eles estão mais perto de nós. Por isso, o velhinho não era desamparado.

A sua rotina era sempre a mesma. Ele acordava, alimentava-se e saía para trabalhar na horta. Ele tinha uma linda horta de abóboras. E o trabalho que fazia era muito regular: ele semeava as abóboras e ficava cuidando dos brotos. Depois fazia a monda, isto é, removia as mudinhas para outros lugares. Limpava o terreno, evitando pragas e matos que asfixiassem suas mudas. Deste modo, sua horta ia prosperando.

Ele sempre levava consigo um *baliku*, que é um cantil feito de bambu no qual ele carregava água para matar sua sede no trabalho. Ele também costumava levar uma pequena refeição para a hora do almoço. Gostava muito de inhames, arroz cozido, pedaços de carne.

Um dia, ao sair de casa pela manhã, ele se esqueceu de levar para a horta o cantil de água. Chegando lá é que ele percebeu. O sol estava forte, o calor intenso. Mesmo assim, ele fez o trabalho que deveria fazer, mas, depois de um tempo, ele sentiu muita sede, e então resolveu ir até uma fonte que havia na região. Essa fonte era bem distante da horta, mas o velhinho não se desanimou. Caminhou devagar até chegar à fonte e matar a sede. Por ser longe, demorou muito a voltar para a horta.

Quando ele ia retornando, já perto da horta, ouviu uma música em alto volume. Não entendeu o que estava acontecendo. E se perguntou:

— Quem estará tocando violão e cantando assim de maneira tão animada?

Ele continuou o seu caminho. Quanto mais se aproximava da horta, mais alto se tornava o som da música. Ele pensou:

— Que estranho. Tem gente fazendo festa dentro da minha horta. Será que são os meus vizinhos e não me disseram nada?

Com esse pensamento, ele foi se acercando devagarinho para ver. Chegou bem perto da horta e passou a cerca, agachado, para não ser visto pelos festeiros. Estava muito curioso para saber quem estaria se divertindo lá dentro. Era mesmo uma grande festa. Mas, para sua surpresa, não havia vizinhos: apenas as abóboras reunidas no centro da horta, tocando violão e dançando muito animadas.

— Nossa! — exclamou.

E continuou agachado, presenciando a festa. Então, as abóboras foram se dispersando, cada qual tomando seu rumo, voltando para o lugar onde estavam originariamente plantadas. O velhinho decidiu segui-las. Elas corriam para diferentes direções, voltando aos seus postos. Umas corriam e rolavam, pulando pedras e moitas. Outras tropeçavam nas ramas, dando grandes saltos. Outras mais deitavam e se esticavam. Outras tentavam espiar por entre as ramas, alongando os pescoços. Outras mais pulavam, rolavam, e se escondiam nas ramas, deixando só uma parte do corpo de fora. Todas correram para seus lugares.

Foi mesmo um espetáculo a dança e a festa das abóboras. O velhinho nem acreditava no que tinha visto. Neste movimento de dançar e correr para os seus lugares, as abóboras iam adquirindo formas diferentes: algumas redondas, outras alongadas, bojudas, finas, pescoçudas.

E foi assim que elas, que antes eram iguais, ficaram cada uma de um jeito.

As abóboras são assim até hoje, de vários formatos.

O velhinho ficou muito feliz, afinal ele foi o primeiro, e o único no mundo, a presenciar o baile das abóboras.

SOBRE A AUTORA

Avani Souza Silva cursou a graduação, o mestrado e o doutorado em Letras, todos na Universidade de São Paulo (USP). É especialista em Língua Portuguesa pela Pontifícia Universidade Católica de São Paulo (PUC-SP). Desenvolve extensa pesquisa sobre cultura e Literatura Infantil e Juvenil dos países africanos de língua portuguesa. Atualmente, também pesquisa narrativas orais de Goa, Macau e Timor-Leste. Oferece consultoria em projetos de leitura e formação de leitores a partir de narrativas de tradição oral. Escreve regularmente em revistas acadêmicas impressas e digitais. Além de pesquisadora, também é ficcionista. É autora do livro infantil e juvenil *A África recontada para crianças*, da Editora Martin Claret.

© *Copyright* desta edição: Editora Martin Claret Ltda., 2021.

Direção
MARTIN CLARET
Produção editorial
CAROLINA MARANI LIMA / MAYARA ZUCHELI
Coedição
MARANA BORGES E ANAHÍ BORGES
Direção de arte
JOSÉ DUARTE T. DE CASTRO
Diagramação
GIOVANA QUADROTTI
Ilustrações de capa e miolo
ANNA CHARLIE
Revisão
MARANA BORGES
Impressão e acabamento
CROMOSETE GRÁFICA

A ortografia deste livro segue o novo Acordo Ortográfico da Língua Portuguesa.

Dados Internacionais de Catalogação na Publicação (CIP)
(Câmara Brasileira do Livro, SP, Brasil)

Silva, Avani Souza
A Ásia recontada para crianças: histórias de Goa, Macau e Timor-Leste / Avani Souza Silva; [ilustrações Anna Charlie] – 1. ed. – São Paulo: Editora Martin Claret, 2021.

ISBN 978-65-5910-051-4

1. Ásia – Literatura infantojuvenil 2. Contos - Literatura infantojuvenil 3. Literatura infantojuvenil I. Charlie, Anna II. Título

21-60451   CDD-028.5

Índices para catálogo sistemático:

1. Ásia: Literatura infantil: 028.5
2. Ásia: Literatura infantojuvenil   028.5
Maria Alice Ferreira – Bibliotecária – CRB-8/7964

EDITORA MARTIN CLARET LTDA.
Rua Alegrete, 62 — Bairro Sumaré — CEP: 01254-010 — São Paulo — SP
Tel.: (11) 3672-8144 — www.martinclaret.com.br
1ª reimpressão — 2023.

CONTINUE COM A GENTE!

- Editora Martin Claret
- editoramartinclaret
- @EdMartinClaret
- www.martinclaret.com.br

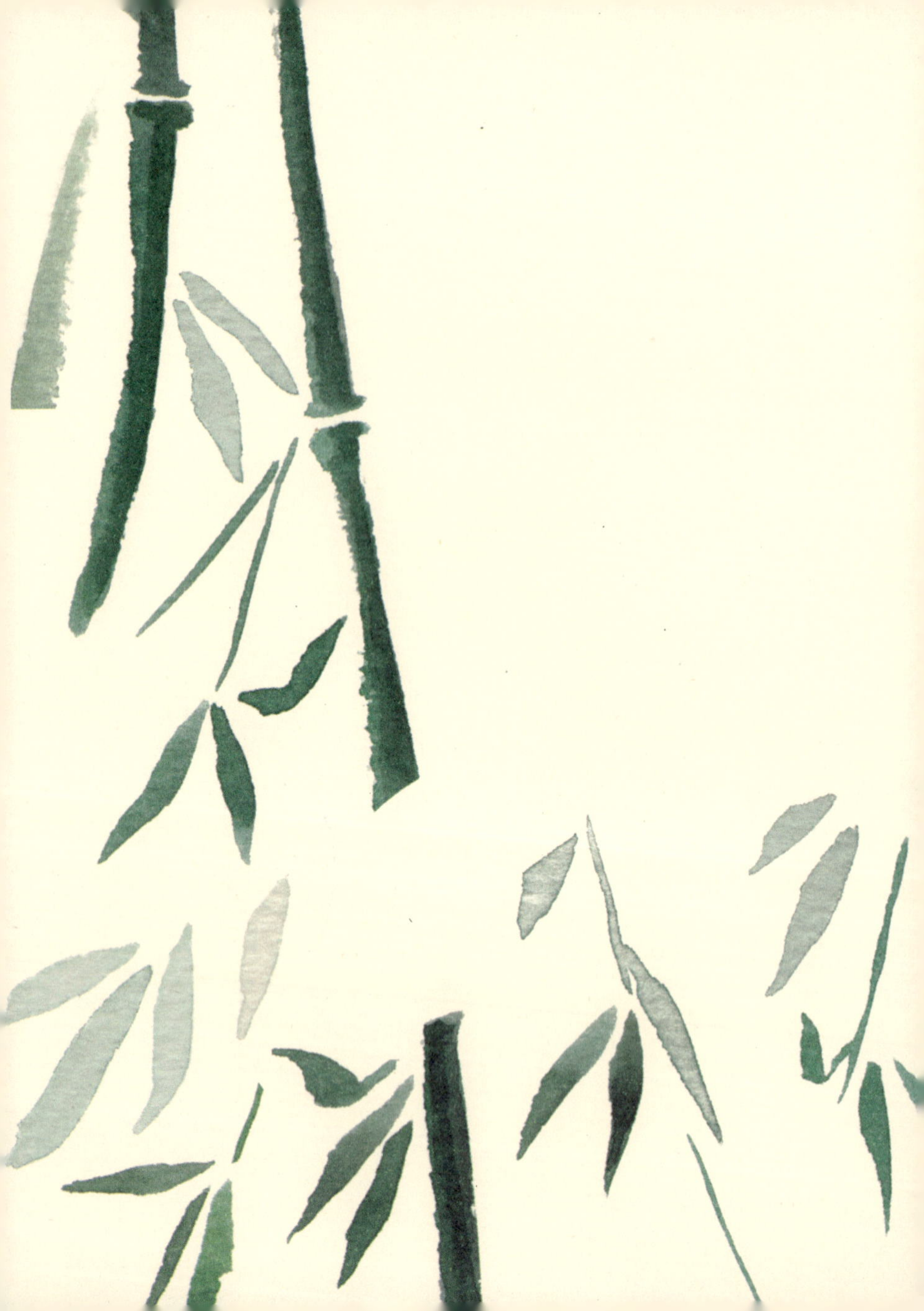

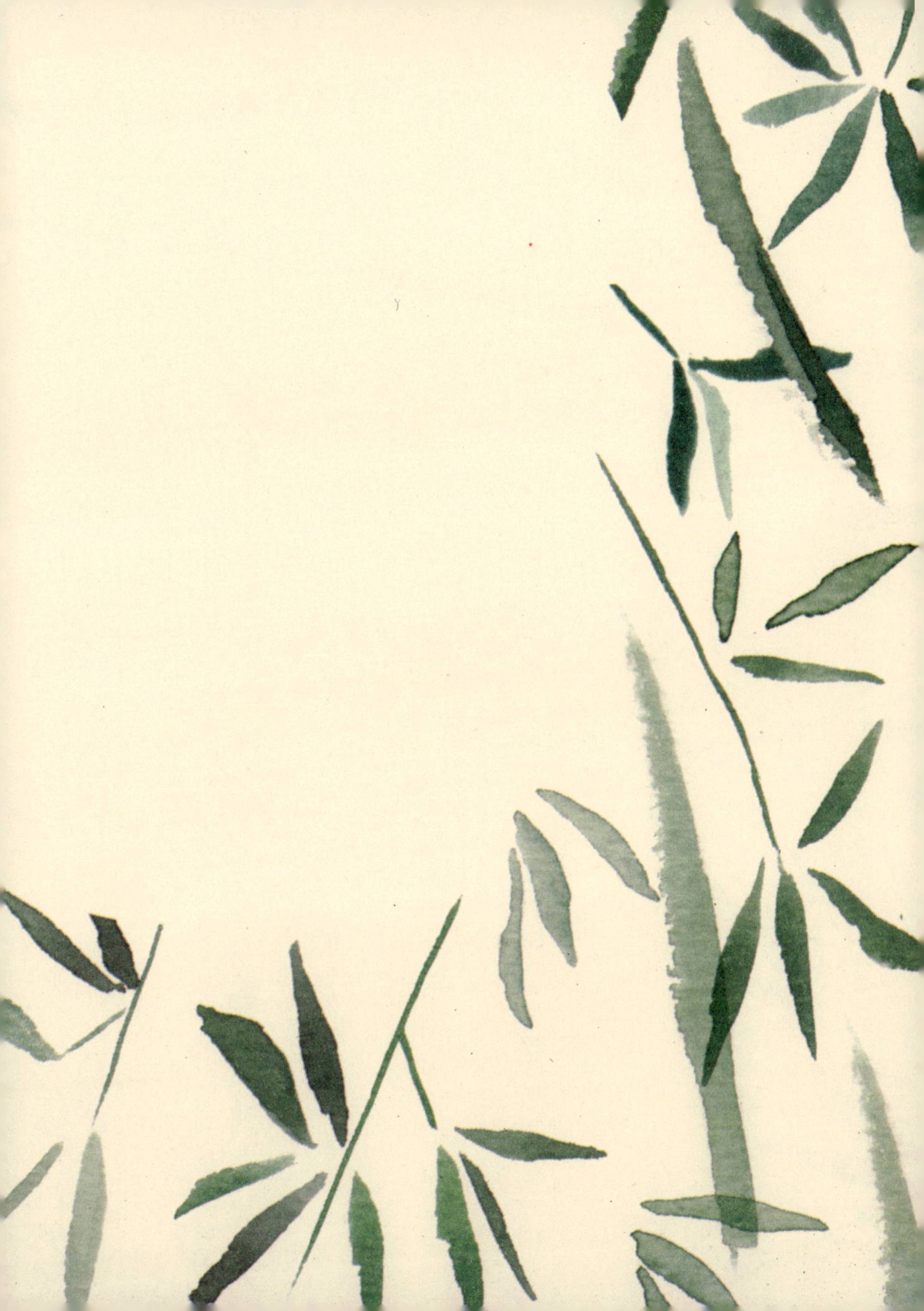

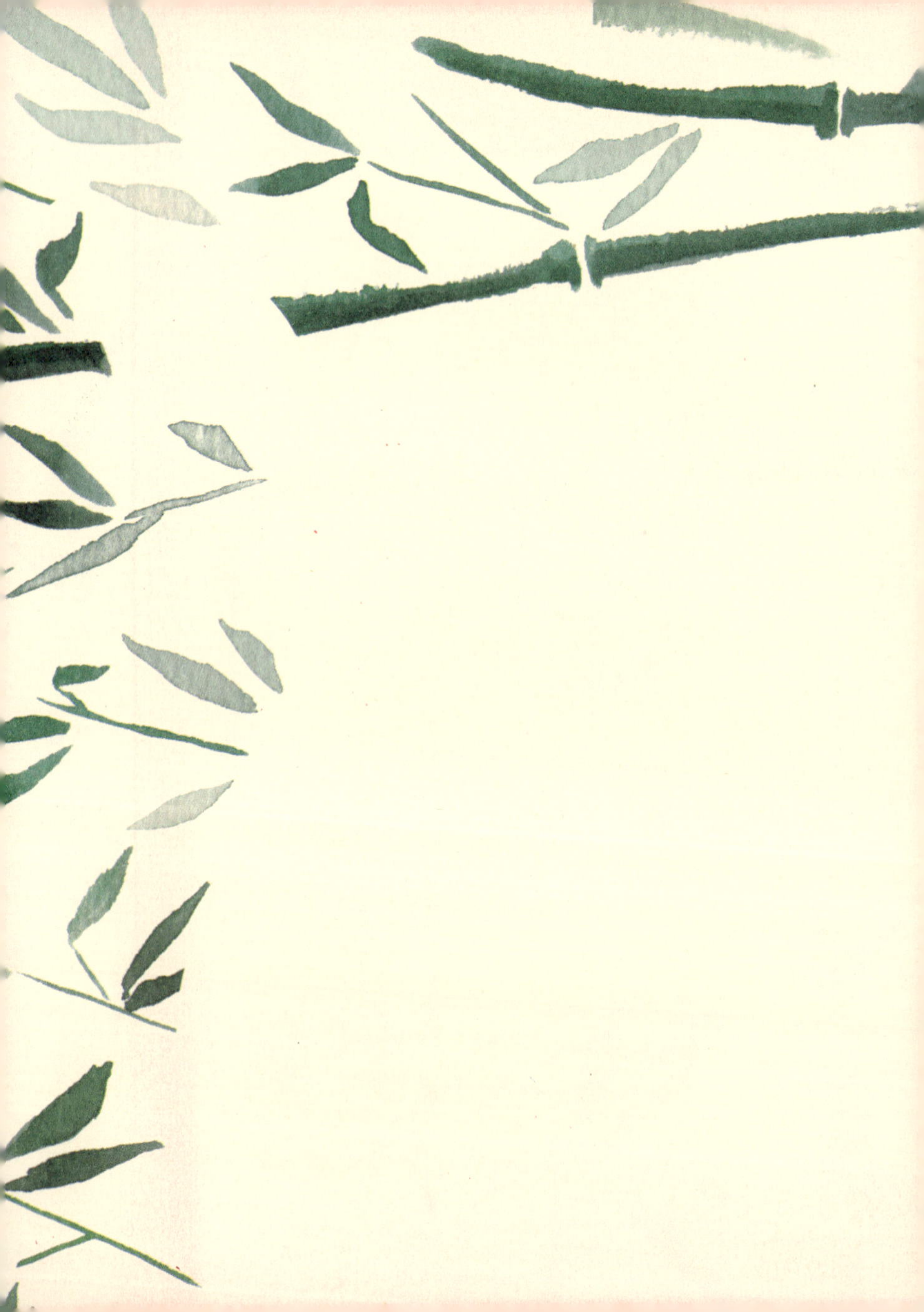